教育部首批新文科研究与改革实践项目"面向中华文化全球传播时代的新文科建设"经典案例
教育部基础学科拔尖学生培养2.0研究课题"本科生—研究生学习共同体研究"经典案例

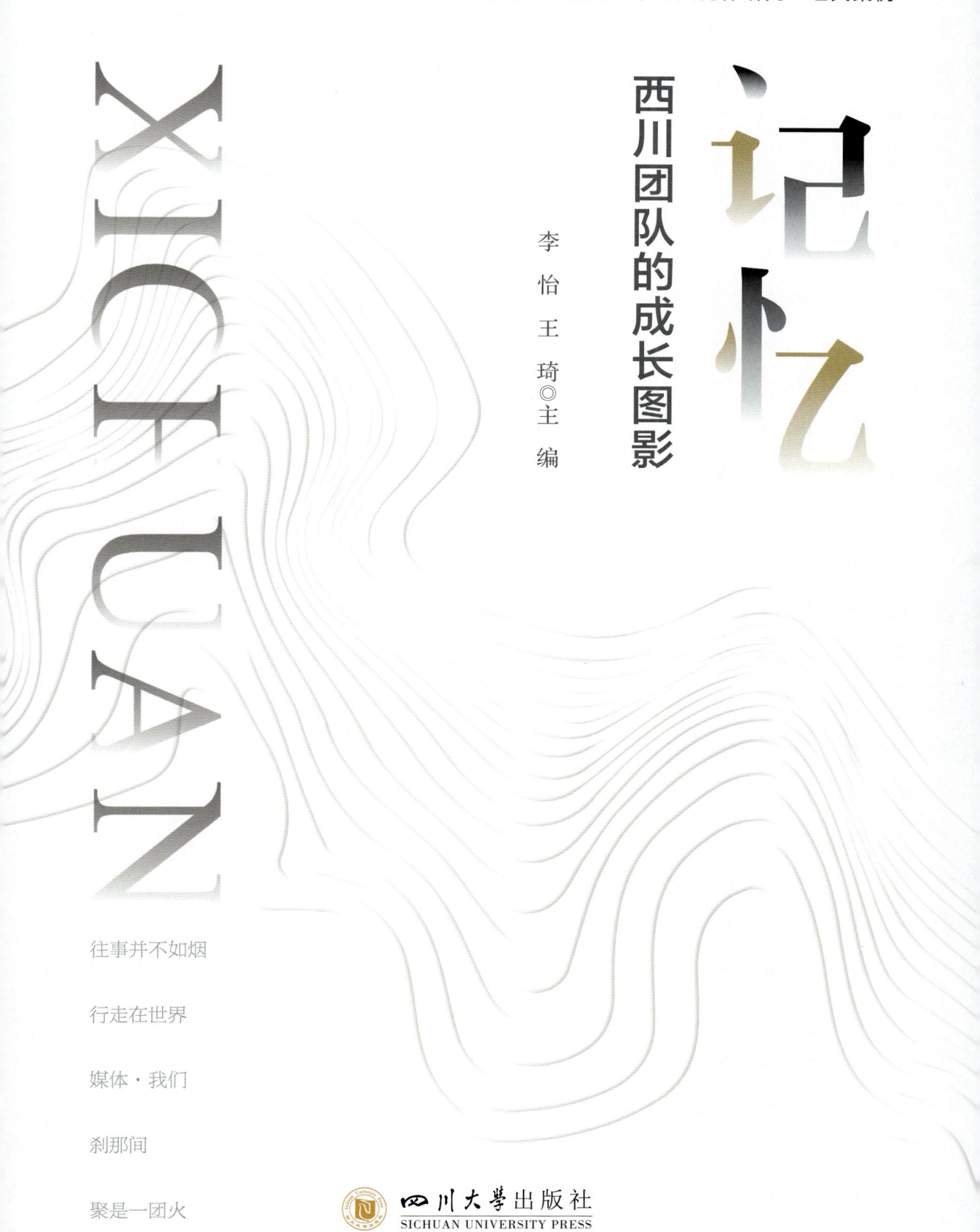

记忆

西川团队的成长图影

XICHUAN

李怡 王琦 ◎ 主编

往事并不如烟

行走在世界

媒体·我们

刹那间

聚是一团火

四川大学出版社
SICHUAN UNIVERSITY PRESS

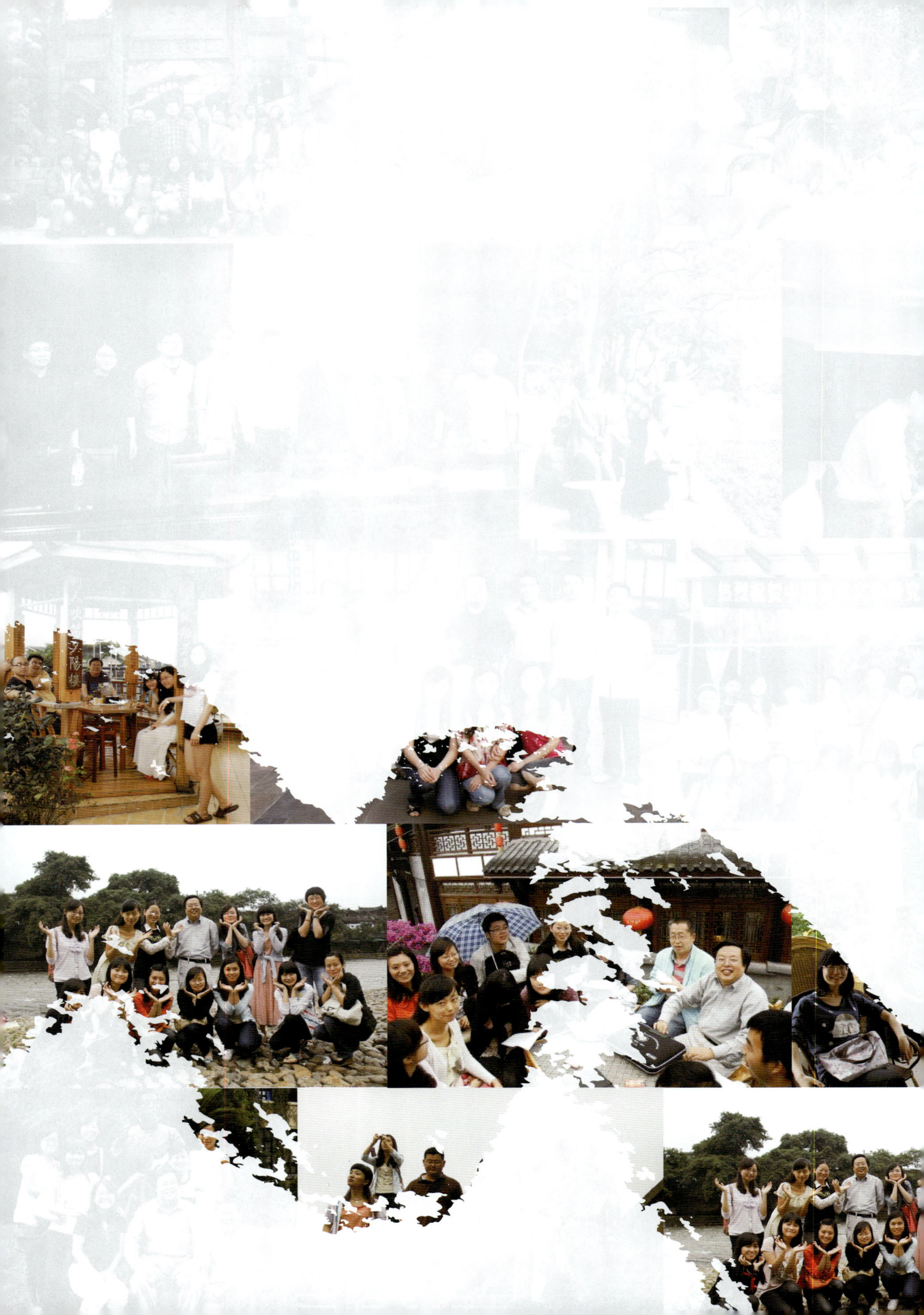

记忆

往事并不如烟

行走在世界

媒体·我们

刹那间

聚是一团火

西川读书会已经坚持十年了。十年是很长的时间，任何人、任何事坚持十年都是不容易的。读书会坚持十年，一拨又一拨的老师和学生在一起读书，这件事让我佩服，也让我羡慕，因为在我读书的时候没有这样的读书会。这些年来我一直在困惑一件事，研究生扩招以后，那么多人读现代文学有什么意义。前些天有一个毕业好多年的硕士生对我说，虽然他现在做着和文学、现代文学毫不相干的工作，但是三年的硕士学习让他对人生、对社会、对很多事情的理解都不一样了，我想这可能就是意义吧。现在读书的同学以后可能不在现代文学的专业领域里做事，但是读书的意义是不限于这个专业的。因此我祝西川读书会再一个十年再一个十年地办下去！

——刘纳（华南师范大学）

疫情日益猖獗，互相访问方式的交流断绝，一直到现在还没有恢复。

面对面的交流断绝，可是，学术上的交流以及以学术交流为基础的友谊不能断绝。

我有一个梦，疫情结束后的有一天，我们能在两地召开学术交流会。

我期待和相信你们的西川论坛不远的将来一定会在中国现代文学研究的各种各样的领域里从国内论坛飞跃到国际论坛去，成为它的中心组织的一个。

——岩佐昌暲（日本九州大学）

我是西川论坛的老朋友、老同事，我第一次参加西川论坛时，是李哲带我去的。我去了之后非常激动，同学们的讨论那么热烈，对文学的理解那么深入和丰富，我至今都非常高兴能够参与其中。

　　今年是西川论坛第十年了，我想说西川论坛是少有的学术思想的论坛，非常不容易，非常珍贵，也希望我什么时候能够回来再次参加大家的活动。祝西川论坛越办越好！

——郑怡（澳大利亚新南威尔士大学）

　　我很荣幸能够成为西川论坛的一分子。现在回想起来十年前的 2012 年，我的心里依然非常温暖和激动。我要特别感谢李怡老师的邀请，让我在 2012 年 12 月 1 号去了北京，在北京师范大学举办的"民国历史文化与文学"的学术研讨会上发表论文。我觉得那一年北师大的经验在我的整个生命和学术体验上都是非常值得纪念的。在那一年的学术研讨会上，我真正接触到了所谓"民国文学"这个概念，我觉得它为我开了一扇学术研究的窗，也为我的学术研究指引了一个新的方向。

——张堂锜（台湾政治大学）

记·忆——西川团队的成长图影

> 祝贺的话
> 应王学东同学的要邀；
>   　 电子期刊
> 听到《西川论坛》创刊，小兒要出世的消息，使人高兴。顾编刊的年青人不拘框框，敢于谈话，造出一个新的学术空间。
>   突破　　岩佐昌暲
>   　　　　2011年10月30日
>   　　于雷克

2011 年 10 月，日本九州大学岩佐昌暲教授为《西川论坛》创刊题词。

记·忆——西川团队的成长图影

西川输坛

愉快的思考
一向光明堂

题以"怡倾"西川论坛

冯铁
于南苑西华师大
2011年10月30日

2011年10月，奥地利维也纳大学教授冯铁为《西川论坛》创刊题词，并为刊物取别名为《怡倾》。

记·忆 ——西川团队的成长图影

"像一阵大风把窗户吹开了……"

——为"西川"十周年而作

李哲

那是 2011 年前后，李老师还频繁奔波于京蓉两地，很多次，他是在上课当天降落双流机场，然后再打车直奔课堂。也有些时候，老蒋会带着我和祥哥提前到他的住处等一下，在某个成都常见的阴雨天，看一辆出租车飞入视野，迅速地慢下来，悠悠地泊在桃林公寓楼下的草坪前。李老师常常急着下车，他几乎是冲到后备厢，但同时又笑着朝我们摆手，既是招呼，也是在示意我们不必动手，行李他可以自己拎。我们还是会七手八脚地帮些小小的忙，一路说笑着，一起把行李送上三楼。然后就去绿水桥，一间茶馆，更准确地说，是川大望江老校无数茶馆中的一间。此时，金凤和谭梅她们已经占好了位置，大家落座，点单，倒茶，彼此之间的问候和唧唧喳喳的闲谈也便和茶杯氤氲的水汽一并腾涌。过不了多大会儿，围成一桌的我们便渐渐安静下来，李老师则会环顾一下大家，稍显"郑重"地，然而依旧是笑着说一句："好！那我们就开始。"于是，我们就开始（其实也是继续）聊起鲁迅、郭沫若、老舍、巴金，当然还有沙汀和李劼人。那时候，这样的"开始"不知有多少次，直到我们在这间茶馆里上完了所有博士生课程。

按所谓"专业"来说，这是关于中国现代文学的专题讨论，但茶馆里的"龙门阵"一旦起势，一些过于恢弘和诗意的氛围也弥散开来。我们在讨论，在说话，但又像置身在川流不息的历史中——关于"五四"，关于"大革命"，关于"抗战"，关于"十七年"和"八十年代"，这些标识着历史节点的"事件"像浪头似地拍击着我们，淘洗着我们……而我们在试着去把握，去表述，我们是那么吃力地调动着自己有限的知识、语言和情感，常常是笨拙的，有时也失之轻巧，总之并不成功。只是李老师并不在意这些，他会把每个人的发言听完，他的表情是专注的，且常常带着时而好奇时而讶异然而永远兴味盎然的笑意。之后，他会有一番扼要的复述，他喜欢"接着说"，沿着那些略显空疏，甚至有些偏执的所谓"观点"充实、引申、扩展，并渐次翻出一个扶摇云端的提领，然后收束。

"像一阵大风把窗户吹开了……"——为"西川"十周年而作

在后来的很多时候,我们会习惯性地期盼这个提领环节的到来,因为在这个时刻,李老师的语调会变得激昂,表情会更丰富,情绪也最为饱满,他有时候甚至会站起来,甚至会挥动双手——这意味着他的思想已经开始翱翔……而在这种时候,我们是舒展的,然而又高度紧张,像是一出大戏到了最惊心动魄的袆节儿处,语言沉默,思考暂停,一切都敞开。我们似乎听到了历史潮汐涨落的声音,也暂时地,然而是毫不设防地把自己交付给他,交付给他对历史的讲述,或者是他正在讲述的历史。抬头看了一眼,李老师还在说着,尽管已经好几个小时过去了,尽管几个小时前他刚刚从北京风尘仆仆地赶来,但谈兴正酣,也未露疲态,真好啊,他似乎忘记了围坐在身边的我们,而我们也似乎希望他不必注意到我们,就这么滔滔不绝地说下去吧,直到我们一时间也忘了自己……如今想来,那时的种种就像梦里的川流一样,李老师在撑一条船,在风涛中不知疲倦地逡巡往返,一趟,又一趟,他是那么努力地将我们接引至那段沿着"五四"和"八十年代"剪裁而出的历史激流中,他希望我们感受到他在历史中感受的激动,而我们也觉得我们感受到了,至少在当时确实如此。

茶馆里没有下课铃,但我们终于还是注意到,周围喝茶的人们早已散去,作势要续水的服务员也委婉地站在不远处,而李老师已经重新坐回到座位上,他会轻轻地出一口气,又一次环顾大家,然后笑着说一句:"好!那我们今天就到这里。"语调和缓下来,但中气似乎还是很足,甚至没有倦意,看他那匆匆起身的架势,仿佛还要去另外一个什么地方再上一堂课。而我们也纷纷站了起

来,带着怅然甚至空虚从历史的激流中抽身、上岸。只是,那些语言还会在脑子里盘旋好长一阵,那种气息更会长久地萦绕在身上,它们会让我们脚踩着土地时感到些许飘忽,会让我们不得不继续投身的生活变得有些陌生,有点不那么真实。

这或许只是我的个人经历,在记忆里反复浮现之后,它肯定也经过了时间的淘洗和语言的修饰,所以,我并不敢将它贸然当作"西川"同人的群体记忆。但我还是相信,很多东西是相通的,很多东西曾彼此缠绕过,甚至交织在一起,所以它们总会有些共同的质地,共同的色泽,以及共同发育滋长的过程,哪怕它们只是占据着我们各自生命中一段非常短暂的日子。那段日子里的时间是混沌的,所谓"学期"、所谓"年度"、所谓"级"和"届"这些规制化的时间划分并没有太多的意义,对我们这些在茶馆里浸润的西川学子来说,只有"场"散布在岁月中,也只有"场"成为最清晰也最动人的时间刻度——无数场茶馆课,无数场读书会,无数场郊游,无数场会餐和聚谈,一场又是一场,一场连着一场,一场挨着一场,我们聆听,欢谈,激辩,笑闹,我们聚、散,惜别,又重逢,物是人非难免,而气韵流转依旧,不知不觉间,十年就这么过去了。

"西川"就诞生在这些"场"中,它将这些"场"连带起来,它本身就是这些"场"。2007 年,成都郊区,应该也是在某间茶馆里吧,"西川"被李老师和几位师兄师姐像龙门阵似地摆了出来,那时,它还只是一个话头,一个念想,并不比茶杯上氤氲的水汽更实在。据说,它被煞有介事地设想为一间能盈利的"会馆",这真的太乌托邦了!它根本不可能也从未开张迎客,但它又确实开张迎客

记·忆——西川团队的成长图影

了，它荡开了一个那么充盈的空间，迎来并汇聚了来自四面八方、五湖四海的"我们"，这就像梦，但这是真的。2011年年底，在很多朋友"'西川论坛'为什么要在云南办"的错愕中，第一届"西川论坛"在云南红河学院办了起来。我有幸参与了那次会议，但时隔久远，会议的标题和大会发言的内容都已印象模糊，记得最清楚的反倒是次日的分会场——它被安排在一座山中，一座竹制的茶楼里。记得作为发言场地的堂屋人满为患，多出的人只能塞在隔壁的厢房里；记得东哥、老蒋和永宁他们发现了一个神似军用头盔的藤筐，他们依次试戴着，而我在拍照；也记得布小继师兄在旁边一张竹椅子上小憩，他为承办这次会议花费了太多心血和体力，他当时肯定有些累，而且昨晚的酒还没有完全醒来；旁边坐着一位和他要好的记者朋友，在抽水烟，我们听着那咕噜噜的水响，也听到不远处堂屋会场上的某位师姐在发言，彼时，有关"民国经济和中国现代文学"的讨论正渐入佳境，而李老师在专注地听，带着那种时而好奇时而讶异然而永远兴味盎然的笑意，就像在绿水桥茶馆的课堂上一样……2012年，第二届"西川论坛"尚无地方院校承办，李老师干脆自己做了承办方，会场设在了北师大主楼的文学院会议室。当时来了不少人，很多都是我们这些年轻学人耳熟能详但从未见过的学界前辈，我们带着某种忐忑的好奇心打量着他们，而他们在讨论或者说是争论着某些话题，有交锋，有回应，有赞和，也有质疑，很多场次里会蓦然出现热闹而精彩的攻守回合，这令置身其中的我们感到紧张，感到兴奋。但偶尔也会出神，瞅瞅四面墙上挂着的师大先贤们——当然会有周树人，以及

钱玄同，这两个参与甚至亲自发动过无数次"骂战"的猛士似乎也在冷峻地睥睨着我们，仿佛觉得争论还是太温吞了，或者说，太"绅士气"？而这时传来了歌声，然后李老师兴冲冲地跑出去了，再然后，正在隔壁排练的南山诗社就被他全员带到了会场，社员们还有些懵，还没有反应过来这是怎么回事，但他们就这样开了嗓，而我们的讨论也便在那支记不清名字的曲声中落下了帷幕……2013年，胡昌平师兄赢得了第三届"西川论坛"的承办权，所以我们有关"民国教育与中国现代文学"的讨论转场至遥远的阿克苏，那是塔克拉玛干沙漠的西北缘，胡杨丛生的神秘地带。照片记录下我们当时意气风发的样子，我们在大漠中穿行的卡车上那么用力地挥手，我们在浩瀚的沙丘上凌空跃起，将整个身体像旗帜一样张扬在空中，舒展在风里……在浏览相册时，我在这几张照片上停顿良久，有一个瞬间，我甚至觉得这就是最让我们激动的记忆，没有之一。但确实过于激动了，以至激动后才发现，这些照片上没有我，我根本就没有去阿克苏！但似乎也没有什么遗憾，仿佛真的去过了，仿佛这就是我的回忆，我们的回忆。或许这就是时间的魔力吧，它已经预谋在十年后的某个时刻精准地击中我们，它也用这十年将那些"场"和"场"之间的界限消弭得难以辨识。也无须辨识了，宜宾，南京，运城，肇庆，包括博多湾畔的福冈，无数的"场"似乎都在"西川"这个延续十年的大"场"中汇聚一处，然后腾涌，奔流。这大概就是回望的意义，在回望中，我们看到这一帧又一帧的照片，仿佛一朵又一朵激荡的水花，也是在回望中，它们已经烟波浩荡。

但"西川"并不仅仅是记忆，而回望也不止这

"像一阵大风把窗户吹开了……" ——为"西川"十周年而作

十年。我们总会好奇，总会忍不住去想"西川"的来处，究竟是什么样的源头让这股"活水"汩汩而出，又川流不息地奔向我们？我近乎本能地想起王富仁老师。王老师已经永远地离开了我们，但我们总会想起他，会听人提到他，会彼此谈论他，李老师当然更会如此，在2017年后，这甚至变得更加频繁了。令我印象深刻的是2017年那次望江读书会的发言整理稿，李老师又一次说起王老师，又一次提到了他在20世纪80年代初读《〈呐喊〉〈彷徨〉综论》的反应："就这几句话，真就像一阵大风把窗户吹开了一样。我真是不可克制地往下读着。就在一瞬间，你会发现你的人生和你的学业追求，一下就对接起来了……"李老师说，这是他和他那一代很多人"思想震惊的时刻"，"就这样，我们都有了一个忽然'打开了'的感觉，因为在以前我们完全不是这样一个思维。"如今重读这段话，我也隐隐感到了惊讶，并不仅仅是李老师动人的描述，更在于这描述性文字背后蕴蓄的力量，以及这力量的形态——那是我在阅读历史材料和文学作品时感到神似、感到相通的形态。我是在1925年的某期《沉钟》杂志里读到了下面这段话："围绕我们四周的空气是这样的阴沉，全世界都窒息在一种浓密腐败的大气里！一种浅薄卑鄙的物质主义压在心和灵的上面，同样的妨碍着政治的运用及个体的发展。我们简直要闷死了。且来推开窗户放进那自由新鲜的空气，呼吸那英雄底气息。"这是罗曼·罗兰的《悲多汶传序》，它在20世纪20年代被沉钟社社员杨晦翻译成了中文，此后，成仿吾、傅雷、徐蔚南等人也相继翻译了它。我很难不惊讶于这句话，在浩如烟海的历史材料里，几乎就是李老师"像一阵大风把窗户吹开了一样"的描述令我辨识出这句话："且来推开窗户放进那自由新鲜的空气，呼吸那英雄底气息。"我会情不自禁地去想，这两句间隔久远的文字是否共享着某种共同的历史结构，是否在某种隐秘的精神流脉中纽结着彼此？或许这种直接类比是粗暴的，也来不及做什么牢靠的学理支撑，但我还是想在此刻确信，那个令我们感到神往而又陌生的"思想震惊的时刻"并不是孤立的时刻，而是一个在20世纪中国文学和历史中多次迸发、反复上演的时刻。我回想起那些熟悉的现代文学作品，在各种体式、情节、人物、意象那里，在郭沫若、巴金、丁玲、王林甚至张爱玲这类作家的笔下，都存留着那些"时刻"曾经闪现的光芒和影迹。在后来检视中国地方革命史材料时，我意识到这样的"时刻"更为频繁地出现在众多知识青年的文学阅读中——在某个破败的县城，甚至某个边陲的集镇，都会有那么一群年轻人，他们在新式学堂里"接受新思潮的洗礼"，他们充满了正义感，但怀着无以名状的愤懑和不安，他们会在小书店、小邮政所或只有寥寥数人的读书小组里"偶然"地读到鲁迅的《呐喊》，郭沫若的《天狗》，或巴金组织翻译的《屠格涅夫选集》——可能只是其中很短的一段，可能就是一句话，在一本因传看多次而破旧卷边的"读物"的某页，或者，一份地方报纸副刊的一角。但他们就那么不可思议地"震惊"了，这"震惊"中蕴蓄着无穷的苦闷，也预示着苦闷瞬间被突破的酣畅，他们在"震惊"中看到了苦闷着的自己，他们的苦闷被他们正在阅读的文学"象征"出可视、可感的形状。他们会忍不住和朋友讨论，或者在这种特

记·忆 ——西川团队的成长图影

别的讨论中结识朋友，他们各自孤独的心将一起战栗，而他们的生活则变成了"不能忍受的生活"，不能再忍受了，要奋起、出走、去远方、去革命……我想，他们就是这样汇入了历史的波流。当然，这种汇入并非直线式的，历史像生活一样充满了曲折、回旋、摆荡，正是在这些曲折、回旋、摆荡中，历史展开了自己剧烈的精神运动。我想，20世纪中国革命的脉络中隐含着这样一条精神运动的线索——这运动是由无数"思想震惊的时刻"连缀、汇聚而成的，它也促成了这些"思想震惊的时刻"连续不断地诞生着、复现着，一直到20世纪80年代的文学现场，一直到十年前望江老校茶馆中的文学史课堂。我们曾在课堂上讨论过巴金，他在1931年作的《〈激流〉总序》中写道："我的周围是无边的黑暗，但是我并不孤独，并不绝望。我无论在什么地方总看见那一股生活的激流在动荡，在创造它自己的道路，通过乱山碎石中间。"巴金是在说青年的"激情"，而"激流"就是这"激情"的形状，是以"激情"展开着自身的历史的形状。或许这也是"西川"的形状，"西川"也正在这股"激流"中："这激流永远动荡着，并不曾有一个时候停止过，而且它也不能够停止；没有什么东西可以阻止它。在它的途中，它也曾发射出种种的水花，这里面有爱，有恨，有欢乐，也有痛苦。这一切造成了奔腾的一股激流，具有排山之势，向着唯一的海流去。"就是这股激流，它通过了种种媒介（文学作品、历史材料、王富仁老师的文章以及李怡老师的课堂）流经了我们，激荡了我们，灌溉了我们，如此清新，却又那么有力。

"激流"当然也形塑着"西川论坛"学术工作的形态，它既是我们尝试着捕捉、把握并努力为之赋形的动态对象，也是几乎所有知识工作展开的精神坐标。在过去的十年间，李老师带领着"西川"同人先后发起了诸多学术议题，有关中国现代文学的"民国机制"，有关"大文学"，有关"地方路径"，等等。这些议题尽管内涵不同、指向各异，但总体来看，它们又连带着共同的问题意识、共同的历史感觉，更共同地处在和20世纪中国深度纠缠的精神坐标之中。

"民国机制"是西川论坛初起时推出的议题，它激发出学界热烈的反响，也引出一些争议。这些争议当然推动了话题的进一步拓展和深化，但有误解也在所难免。比如，有些朋友会过度执着在特定的概念上，并基于某种表述的相似性将"民国机制"和流俗的"民国范儿"混为一谈。但正如李老师和部分西川同人在回应时所指出的，"民国机制"的框架首先激活的恰恰是"革命文学"研究。我想这并非偶然的现象恰恰可以在精神史的坐标中得到某种解释。"革命文学"并不仅仅是某种形式层面的文学类型，它更关涉着20世纪中国历史最核心的构造，也是这构造中最强劲、最峻急和最具感召性的精神波流。基于此，我们更愿意将"革命文学"透视为某种精神现象学，并在某种精神机能的层面去思考下述问题：为什么鲁迅笔下"全面都颤动了"的身躯会"辐射若太阳光，使空中的波涛立刻回旋，如遭飓风，汹涌奔腾于无边的荒野"？为什么在上海亭子间里的丁玲在"时时刻刻都必须和自己打仗"的同时要书写自己并未直接身历的"洪水"，并在"洪水"中召唤"大众"身上"原始的巨力"？为什么茅盾会用那种新兴的社会科学理论把上海这座巨型摩登都市投放在世界革命的律动中，又基于此种律动去故乡乌镇那些俗常的农事经验中寻找革命契机？以及，为什么前面提到的罗曼·罗兰会溢出他汉译名字所隶属的浪漫主义流脉，为什么他最终会在以鲁迅为代表的左翼作家阵营里找到真正的知音，而不是新月派，而不是徐志摩？对这些身处"民国"现实构造中的作家而言，"革命"首先不是某种立场、主义和抽象意识形态，"革命"首先意味着通过肉身性的精神机能把握整体世界、整体历史的强烈冲动，所以哪怕是在逼仄的亭子间里，哪怕是在纸笔短兵相接的方寸之间，都会时时喷薄出"革命文学"的精神波流。从这个意义上说，"民国机制"及其"文史对话"方法首先指向了对某种后设的、抽象的文学史知识的清理。这种清理当然不是要消解"民国机制"和"革命文学"在理论逻辑上的矛盾，恰恰相反，这种矛盾将在比理论逻辑更为具体的历史构造中得到更加紧张的呈现，也会在更加激烈的精神现象层面得到更清晰的赋形。和理论逻辑上的矛盾相比，历史自身更加紧张、激烈的矛盾恰恰是连带性的，20世纪的中国正是通过矛盾展开着自身，也是通过矛盾纽结出自身作为整体的历史机制。

和"民国机制"一样，"大文学"的设想同样指向一种沿着历史激流回溯历史的强烈冲动，同样处在20世纪中国历史的精神坐标中。"大文学"是对早已固化了的"纯文学"概念的反拨，是对"回到文学本身"口号的重新辩证，是要"跨出纯粹的文学门槛，在一个更广阔的社会文化相互联系的空间中勘定和阐释近现代中国文学的价值"（李怡《大文学视野下的近现代中国文学》）。在"大文学"的理路上，需要追问的可能不是概念意义上的"文学是什么"和"什么是文学"，而是"文学可以是什么"和"什么能够成为文学"。相比一般的文学研究，"大文学"会更关注"文学"可以撬动的东西，"文学"可以联结的东西，以及"文学"可以打开的东西。这样的追问和讨论必然回溯至20世纪中国历史，正是这段历史把"文学"深度卷入自身的逻辑内部，并为"文学"赋予了核心性的位置、功能乃至使命。从这个意义上说，"文学可以是什么"和"什么可以成为文学"的追问正是由这段历史中"文学曾经是什么"的具体状况展开的。

在过去的十年，我们就是通过这些议题的讨论和方法的锤炼推进着各自的知识工作，我们尝试着在那个恢弘而充满动势的精神坐标中把握这段和"西川"密切相关的历史，也试图通过对这段历史的把握来反顾"西川精神"。所以我们要不断地追问和思考：那"把窗户吹开了"的"大风"究竟自何处而起？那从"荒芜"中催发出"丰富"的生命能量自何而来？那种在历史中冲决网罗的"激情"如何感发，怎样作育，又应得到怎样的护持？必须要去问这些问题，因为"西川"不会顺理成章地向前走，就像它没有在历史中无缘无故地来；而那些动人的"时刻"也不可能"自然"地再现于未来，因为它从来没有"自然"地出现在历史中。

当然，这些追问也将更加清晰乃至刺目地廓出我们的疑惑、困境和挑战，尤其是在今天，在当下的现实状况中。我们正强烈地感受着那段历史的远去，它可能已经远去了。我想李老师也感受到这一点，所以他在2017年那次读书会上向现场的同学说，那种感受"你们这一代似乎没有了，从此以后再难有了"。这个断语紧紧衔接

记·忆——西川团队的成长图影

在那段激情而动人的描述之后，以至于我们很容易忽略它，忽略这其实是一声叹息，一种提醒。这提醒其实意味着，我们只是幸运地领受了那种置身于那段历史的充盈感觉，但我们并没有真正置身于那段历史，即置身于那段无数人卷入、亲历、身受甚至与之对峙的时代风暴和历史激流中。或者可以说，我们触碰的是风暴的末梢，是激流的尾闾，而末梢并不就是风暴，尾闾也并不就是激流。置身历史之外并不意味着我们获得了某种客观的立场和超然的态度，这其实意味着某种困境，因为我们已经无法从直接的身体层面感知历史本身的紧张和强度。我们太容易陷入知识和知识的自负中，更容易把那些"时刻"淹没在材料里，把那些充满强度的"激流"娴熟地转化为可供远观的"图景"。这当然不是要否认知识工作的重要性，恰恰相反，置身历史之外的处境为我们所从事的知识工作提出了更严苛的要求、更严峻的挑战。如果说身处20世纪中国历史激流中的前辈学人能够通过和历史的直接对峙激荡出那种炽烈的激情，并发展出那种强韧的品性和沉厚的力量，那么我们却不曾和历史真正地对峙过，因此，也就没有发展自己与历史抗衡能力的迫切性。考虑到那种在特定历史逻辑中展开的精神构造已经蜕变的事实，我们甚至也不再可能直接地领受那段历史，不可能从最直接的意义上将其视为"当代史"。那么，我们将如何立足于当下，又如何将十年间"西川"惠及我们的种种以及历史通过"西川"泽被我们的种种安顿在现实的构造中，安顿在我们自己的生活里？我想，在十年节点上的这次纪念需要从正面回应这个问题，而不仅仅是回忆。

我们知道回忆总是美好的，我们也知道这十年岁月结晶出的回忆不可能不令我们沉醉其中，我们更清楚这回忆背后有历史的际遇，有李老师的苦心经营，有无数同人的默默付出和无数朋友的鼎力支持。但我们又必须沉静下去，必须借这回忆的契机以及在回忆深层沉潜的东西去蕴蓄更为沉厚的生命力量。我们要调度这些力量让自己不仅仅沉醉在回忆中，让回忆避免沦入年光逝去、韶华不再之类的感叹、咨嗟，唯其如此，回忆才不仅仅是回忆，才会转化为某种切实、充盈的生活。是的，就是生活。如果终将置身那段历史之外，那当下和未来的知识工作就只能朝向我们置身其中的生活展开，这是我们的生活，但也是被20世纪中国历史结构出的生活，它已经成为我们正在置身其中、正在参与和介入的历史。

我想，西川论坛近些年有关"地方路径与中国现代文学研究"的讨论应该放在这样一个理路中来看待。当然，这里且不展开学理层面的讨论，我只是想说回去，说回茶馆和茶馆林立的望江老校，用那些仍历历在目的生活气息为"地方"做一个小小的注脚。望江老校中，相邻的两棵小树会有拉出的晾衣绳，下面的草坪上则有散养的走地鸡在啄虫子，湖边的座椅上是织毛衣的阿姨，她们一边运针如飞，一边把面条似的线从脚底的鞋盒里拽出来，而那几个放风筝的老大爷似乎永恒地站在广场上——甚至在冬天，套着加厚到恰恰能挡住寒风的衣服，甚至是在晚上，在沿着天幕垂下的线上挂一长串霓虹灯混迹于星辰大海。每逢开学返校，校园里的"小红帽"便四下穿梭，车身嘤嘤嘟嘟的铁皮总会和铜铃铛一起作响，后斗上堆满行李，还有被行李卡得动弹不得或者遮得不见头脸的学生和家长。如果去双流，要坐校车，也可以去东八楼靠草坪一侧的"野猪林"打野租，但那些司机很少主动揽客，只有在夜幕深沉的时候，他们才会去已经发动的校巴旁游说一些落单的学生。更多时候，他们就啸聚在"林"中打牌，和去双流的一单生意相比，仿佛叶子牌九才是人间胜业。他们就是这样生鲜火辣地生活着，直到把这座百年老校的书卷气、人文气、知识分子气也涮到生鲜火辣的生活里。他们的生活永远那么舍我其谁、不遑多让，比如竹林村那家有几十种馅儿（包括土豆、番茄之类）的饺子馆不断抢着食堂的生意，比如学生上课途中会遭遇许多挂在窗口、树杈和电线杆上的招牌。很多人会说起那座著名的网红澡堂，晚七点开始排出的男女两行长蛇阵似的队伍，尾巴一径甩到很远处的操场。而和这条所谓"校园风景线"互成经纬的则是澡堂门口那条小街，在不懈的奋斗中，它布满了麻辣烫、酱肉卷、锅盔以及时令的水果蔬菜，成了一条热闹的、人声喧哗的街市。"一年而所居成聚，二年成邑，三年成都"，《史记》这句话常常会被写成都地方史的学者不无附会地引述，但望江老校的人间烟火总让我们觉得古书还是有几分真，至少我能够感觉到那三个"成"字充沛的生活逻辑，那是一种随处在什么地方都能"成聚""成邑"和"成都"的心气和胆力。我想这就是"西川"试图把握的"地方"，这"地方"就扎根在这样的土地上，就涌动在这些生活着的人群里。

当然，这些充满地方特色的生活场景还不是"地方"本身，因为我们并没有天然地扎根于"地方"内部，就像我们没有天然地置身历史一样。所以，它更像是一条"路径"的入口，是认识初步展开的感性界面，我们未来的知识工作要突破这个界面，要在"地方"的内部感受民众的悲欢，在"生活"深层盘根错节的构造里锻造新的知识形态。我们还要经由这个界面突入自己未能置身其中的历史，以及我们正在置身其中的历史，我们将尝试在扎根于"地方"的"生活"逻辑上再次接通它们。当然，还有文学。事实上，我们一直在从事的中国现代文学曾在历史的变局中被推上过至关重要的位置，面临清季民初中国一系列的政治挫折和全方位的社会危机，激流般的文学荡开了新的世界，这个世界形塑了新的历史主体，它将自身主体性的精神逻辑建立在青年身中那一枝枝战栗的神经纤维上。不过，这个由文学荡开的新世界从来不是一个游离、超然的世界，不是鲁迅所说的"奇花盛开"的"漂渺的名园"，而是鲁迅在《白莽作〈孩儿塔〉序》中指认的"别一世界"。它是从严峻现实性中破土而出的可能性，而可能性总会和现实性绞缠在一起，并一定会重新扎根于那种经它自己重构的现实性里。所以，"别一世界"始终纽结着原有的世界，也持续地作用于原有的世界，所有的对峙、冲撞都是那个整体性的"人间"在完成自身。我们所说的"生活"就在这个对峙、冲撞和交织的界面上强韧地发荣滋长着。这就是我们要奔赴的"地方"，也是我们渴望回到的"生活"和"历史"，就像从激流回到土层，从花果回到根系。

我们能够回去吗？我们必须回去，而且我们已经启程，因为这就是前路，也是归途。

2022 年 6 月 24 日定稿于北京

记·忆——西川团队的成长图影

目录 / CONTENTS

第一章 / 往事并不如烟 / 01

回首·年轮 / 02

迎新生 / 32

读书与读诗 / 36

论文答辩 / 72

我们毕业啦！ / 86

博后在校生活 / 117

海外留学生的中国生活 / 125

毕业赠礼，美好祝愿 / 134

第二章 / 行走在世界 / 137

足迹·西川论坛 / 138

交流·海外参会 / 191

世界风景中的我们·出国访学 / 204

目录

第三章 / 媒体・我们 / **213**

从分享开始 / **214**

前行的注脚 / **226**

同路者同行 / **237**

第四章 / 刹那间 / **251**

交游拾趣 / **252**

味蕾记忆 / **289**

小朋友长大了 / **310**

大朋友还好吗？/ **324**

第五章 / 聚是一团火 / **341**

笑容博物馆 / **342**

分神一秒钟 / **350**

再来会馆坐坐吧！/ **354**

编者后记 / **363**

枕在久违的抒情上入睡

肖严

火车汽笛的棱角和体积
一叠一叠，明亮厚重
越过白色树枝和鸟的房顶
我们童年结成的晶体，在不同岩层
同时醒来。在深处发光

你分赠与我月亮，我一直紧握
双唇缄默，手指冰凉
今夜是另一次月升
是盛满不老泉水的金口袋
你的神殿，始终燃烧纯净烈火

2011-11-02

第一章

往事并不如烟

DI-YI ZHANG
WANGSHI BINGBU RUYAN

记·忆——西川团队的成长图影

回首·年轮 2001

2001年春，在西南师范大学求学的硕士生胡昌平、夏新强、袁继峰、范庆伟于重庆北碚合影。

在范庆伟（左二）、李本东（左三）毕业之前，夏新强（左一）、袁继峰（右一）与两位师兄合影。

第一章／往事并不如烟

2004

记忆

2005

2005年11月，西川师友在天台山讨论《中国现代文学的巴蜀视野》的写作大纲。

记·忆 ——西川团队的成长图影

　　"2005年，我考入川大成为李老师的第二届博士研究生。第一次接触'西川'这个构想，也是在那一年。11月，导师安排重庆的几位师友、同门，上届师兄师姐和我们这一届一起进山——成都附近的邛崃天台山。

　　"当时的感觉很复杂，兴奋、新奇又诧异，与郊游爬山无关，只是习惯了进大学后多年来，无论是同学间，还是与老师们之间都保持着比较远的距离，过着有课就上、没课就散的日子。在天台山的那几日，对我而言，在习惯和认知上有多次颠覆。

　　"第一次颠覆：所有人可以像兄弟姐妹一样没心没肺地大笑，天南地北地畅聊。第二次颠覆：休闲与正事可以瞬间切换。上一场还流连于山涧怪石间，彼此赛着脚力，中场就能立刻正襟危坐，讨论《中国现代文学的巴蜀视野》的写作提纲，高效地把写作任务分配了；晚场就不用说了，终身难忘，大家聚在一起表演节目。这可是我不过六一儿童节后就再也没尝试，更不敢想象的活动。平时文质彬彬的童龙超跳起了秧歌舞，而我则一边冒虚汗，一边磕磕巴巴唱了儿歌《哆来咪》。表演节目环节本身则成了西川同门聚会和诸多西川学术活动的保留节目。"（钱晓宇）

2006

　　"2006年，我从刚刚更名的西南大学考入四川大学，继续跟随李怡师攻读博士。川大文新学院的博士生培养，印象特别深刻的有两点：一是每周至少两场校内外的名家讲座；一是讨论课基本都在旁边的望江楼公园或者成都近郊的农家乐进行。每每一杯茶，也就5块或8块钱，师生们围坐一起，边喝茶边讨论。

　　"第一学期的期末，记不清是在东郊还是城南的哪个农家乐，讨论的内容也模糊了，大概是二年级钱晓宇、王琳她们的毕业选题构想，那日的银杏树正金灿灿的黄，竹叶青茶很香，大家讨论得也很热烈。末了，大家都觉得应该把这样的讨论会固定下来，李怡老师建议最好有个名称，闲聊中，李怡师说他先后任教成渝两地的'西师'和'川大'，两校各取一字，是为'西川'，大家都觉甚好，当即定名。李怡师后来又为在云南红河召开的第一界'西川论坛'撰写《西川精神》一文，另行阐述'西川'若干学术想象和价值，当然这是后话了。"（张武军）

记·忆——西川团队的成长图影

春夏之交，西南师范大学 2003 级硕士生与李怡老师合影。第一排左起：陈菊、付海鸿、李怡老师、李蕾、肖严。第二排左起：苏雪莲、刘康、张耀谋。

北温泉合影。左起：李纾淇、李昌良、袁继锋、范庆伟、李怡老师、康老师、夏新强、简纪、邬冬梅。

第一章／往事并不如烟

2007

记忆

红队喜气洋洋。

黄队朝气蓬勃。

西南大学2006级硕士生与李怡老师合影，左起贺生军、苟强师、匡霞、李怡老师、门红丽、夏莹、韩璇。

记·忆——西川团队的成长图影

2008

西南大学 2005 级硕士研究生与李怡老师在鲁迅像前合影。

第一章／往事并不如烟

2009

李怡老师带领学生探访东方汽轮机厂"5·12"地震遗址。

记·忆 ——西川团队的成长图影

2009年幸福梅林读书会及大合影。

第一章／往事并不如烟

2009年冬，李怡老师与北京师范大学前几批硕士生李点淑（韩国）、任冬梅、崔丽君、王子君合影。李老师的头发好飞！

记·忆 ——西川团队的成长图影

2010

第一章／往事并不如烟

2011

李怡老师与冯铁教授、毛迅教授于成都龙泉驿农庄。

记·忆 ——西川团队的成长图影

2011年夏，现代文学研究会第十届年会于成都召开，诸位参会同人于会后合影。

2011年12月，第一届西川论坛在红河学院召开，众师友自天南海北聚于云南。

第一章／往事并不如烟

2012

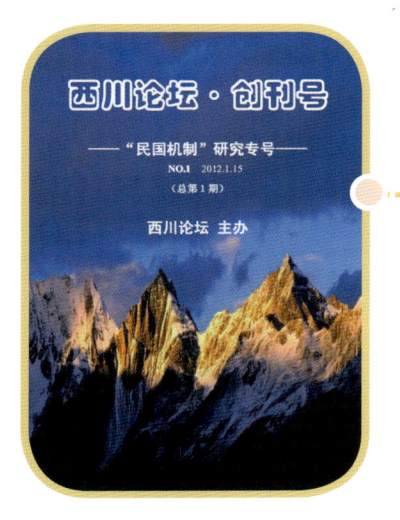

2012年1月，《西川论坛》电子刊创刊号问世。

2012年，颜同林、钱晓宇、张武军与李怡老师在圣彼得堡托尔斯泰故居前合影。

15

记·忆——西川团队的成长图影

2013

2013年10月，众师友相聚新疆大漠。

第一章／往事并不如烟

这一年，我们相约豪迈。

17

记·忆——西川团队的成长图影

2014

2014年7月师友于宜宾瀑布,祥哥是否在构思诗篇?左起:赵静、高博涵、李斌、王永祥、颜同林、白贞淑、刘福春老师、彭冠龙、周维东。

第一章／往事并不如烟

2014年7月，李老师旧居顶楼凉亭一聚。对联：有客放船芳草渡，何人吹笛夕阳楼。左起：孙伟（刹那陶醉被捕捉）、李俊杰、李怡老师、朱幸纯、赵静、谢君兰。

2015年3月，李怡老师于日本福冈探访郭沫若文学故址。

2015

记·忆——西川团队的成长图影

2015年9月,筹备已久的"西川论坛"公众号正式推出,宗旨为"学术研究,探求新知"。"西川论坛"的图标由李怡老师设计。后"西川论坛"公众号更名为"西川风",我们又相继推出了"西川·烽火""大文学评论"公众号,共同构筑成"西川论坛"的新媒体阵地。

第一章／往事并不如烟

2016

2016年4月春阳暖人，众师友相聚南京金陵科技学院。

2015年3月，众师友于日本九州大学欢欣歌唱。

左起：颜同林、武继平老师、张武军、钱晓宇、刘福春老师。

记·忆——西川团队的成长图影

2017

2017年6月，师友于山西运城盐池前。

22

第一章／往事并不如烟

2018

2018年10月，北国已入秋幕，南国肇庆依然温暖如春。左起：黄菊、卢军、谢君兰、钱晓宇、王琳。

南国的午后

— 王永祥 —

南国桂花的香气未散

绿色也正浓

一杯咖啡里有七星岩的秀气

华南虎睡觉

我们也正好埋头工作

节日留在北方

南国自成一体

有温度的茶杯陪着文字

历史在西江水中千帆竞渡

然后我们添酒回灯重开宴

午后的南国

白衬衣一样新鲜

2018-10-20

第一章／往事并不如烟

众师友在会场合影。
左起：王永祥、黄菊、康鑫、高博涵、张武军。

不忘初心。左起：王琳、颜同林、卢军、钱晓宇。

记·忆——西川团队的成长图影

2019

2019年4月,"春天诗歌节"系列活动在四川大学陆续展开。

第一章／往事并不如烟

2019年5月，王德威教授访问新诗文献馆并开展讲座。

记·忆——西川团队的成长图影

2020

2020年10月，西川同人于杜甫草堂博物馆前合影。

2020年疫情封锁了我们，间隙之中，李老师、康老师在沪上与葛璐夫妇匆匆一晤。

第一章／往事并不如烟

2021

大年初一，李老师与因疫情不能回家的学生谭谋远、李扬一同过年。

——— 谭谋远

也许应该躲在房里

刚好应和疫病的曲调

但总有些人体温较高

擅于融化冰棱

他们不问你家在哪儿

他们不称我为兄弟

打破的墙可以重砌

一滩水却上不了锁

我喜欢正午的年夜饭

不计较基因的序列

客人也在家

记忆

记·忆——西川团队的成长图影

2021年春，疫情中冒险观高山杜鹃。

2021年5月，作家阎连科访问四川大学，李怡老师、刘福春老师、姜飞老师陪同介绍。

第一章／往事并不如烟

2021年7月，中国新诗百年珍稀文献展开幕。

2021年10月，西川同人参加泸州诗酒文化大会。

记·忆——西川团队的成长图影

迎新生

"一进望江楼公园，满院子的竹子，竹子的丛林，竹子的桌椅板凳。三十六岁的我看着周围的学弟学妹，茫然若失。但是，导师笑眯眯的胖脸让我安稳很多，这是个可以放松的群体，不必紧张！

"接下来知道了同门李哲、李金凤、谭梅，还有老大哥蒋德均。俩'八零后'，俩'七零后'，一'六零后'。年龄不是问题，不必紧张！

"九月温凉的风吹过头顶，原来读书是这么美好啊。笑声中结束了师门会面，然后在望江楼公园吃了第一顿师门聚餐，导师请客！"（王永祥）

第一章／往事并不如烟

记忆

2011年9月，新生见面会在望江楼公园举行，欢迎2011级博士生王永祥、谭梅、李金凤、李哲，2011级硕士生曹先希、常依娜。

2012年9月，四川大学2012级博士生、硕士生进入川大，西川同人在望江楼公园举办"迎新茶话会"，由2011级博士谭梅主持。

记·忆 ——西川团队的成长图影

2016年9月，四川大学2016级博士生、硕士生进入川大，西川同人按照惯例召开"迎新茶话会"，由博士后王婉如、袁昊主持。

第一章／往事并不如烟

2017年9月师门迎新。

记·忆——西川团队的成长图影

读书与读诗

2011年"西川读书会"

2011年5月,由李怡老师发起的第一届"西川读书会"在青城山举行。

在本次读书会上,李怡老师正式倡议成立"西川论坛",这一经过多年酝酿、反复讨论的构想终于付诸实施。

第一章／往事并不如烟

2012年"西川读书会"

记·忆——西川团队的成长图影

2012年6月,第二届"西川读书会"在成都的平乐古镇举行。本次读书会延续第一届西川读书会的风格,融交流治学心得与增进同人情谊于一体。

▼ 2012年"望江读书会"

2012年10月，"望江读书会"在成都望江楼公园举行，主题为"中西之间"，讨论《二十世纪中国文学史》等，李怡老师、郑怡老师和各年级博士生、硕士生参加读书会。自2004年始，由李怡老师组织的"望江读书会"便开始在望江楼公园不定期举行，旨在敦促在校学生的读书分享与学术交流。

记·忆——西川团队的成长图影

2013年"西川读书会"

2013年6月第三届"西川读书会"在三圣乡风雨长廊举行。

第一章／往事并不如烟

钦佩读诗。

2011级博士研究生谭梅、王永祥、李哲、李金凤。

"学习中最不能忘记的地方就是绿水桥茶馆。

"在望江校区体育馆下的绿水桥茶馆，我们龙门阵式的课开始了。我们三个匆匆从东八宿舍赶过去，导师提着一袋子大大小小的书，从桃林村匆匆赶过去。我们总是绿水桥最早的顾客，服务员小妹沏好导师带的茶，每人面前一大杯热气腾腾的茶。初春的成都，天还未完全的亮，初春特有的青草生长的温润气息飘浮进来，茶馆里略显昏暗。导师用明显有咽炎的低沉声音引出一个话题，边说边翻带来的资料。然后我们七嘴八舌地讨论，碰到自己熟悉的话题猛说一顿，而话最多的总是我和李哲，因为我的观点他总要反驳一下，而李金凤总是能在讨论中岔一个让我们既惊喜又捧腹不已的新话题。最后总是蒋大哥用稳重的总结平衡我们参差不齐的发言，一个早上的头脑风暴就这样展开。往往过了饭点才结束讨论，上午不知不觉过去了，等我们从昏暗的茶馆走出来，外面已经是成都三月温软而耀眼的阳光。导师匆匆回桃林村，偶尔到开水房旁边的理发店理个发，或者在桃李餐厅前的书摊上看看有没有最新的《飞碟探索》。"（王永祥）

41

记·忆——西川团队的成长图影

▼ 2013年"望江读书会"

2013年10月"望江读书会",特别邀请段从学老师参加。

2014年"西川读书会"

2014年6月,第四届"西川读书会"在彭山江口农家乐举行。

记·忆 ——西川团队的成长图影

发言请举手。

第一章／往事并不如烟

2015年"西川读书会"

2015年6月,第五届"西川读书会"在三圣乡幸福梅林景区举行。

记·忆 ——西川团队的成长图影

▼ 2015年"望江读书会"

2015年10月,"望江读书会"在四川大学望江校区绿水桥水吧举行,主题为"当代中国论证的学理困境",姜飞老师、周文、袁昊和各年级博士、硕士生参加读书会。

第一章／往事并不如烟

▼ "杏坛读书会"

记·忆——西川团队的成长图影

"我们的'杏坛读书会'和四川大学的'望江读书会',共同推进着我们的学习和思考,我们在校园里散步,在北京城游览,在咖啡馆里争辩,在会议中发言。

"我慢慢明白了,原来日常生活和学术工作是一体的。我的师弟肖智成、朱元军,都比我年纪大,他们的生活经历丰富,珍惜北京来之不易的学习机会。记忆中,肖老师几乎听完了北师大文科所有的经典课程,孜孜以求;朱元军青年时代的生活颇为辛苦,听他说在伐木场工作时,在工人们打牌喝酒之外点灯夜读的生活,令人震撼。"(李俊杰)

第一章／往事并不如烟

2016年"西川读书会"

记·忆——西川团队的成长图影

2016年6月，第六届"西川读书会"在成都南郊"花舞人间"主题公园举行。

第一章／往事并不如烟

▼ 2017年"望江读书会"

2017年6月,"望江读书会"在川大小北门咖啡厅举行。

51

2017年"西川读书会"

第一章／往事并不如烟

记·忆——西川团队的成长图影

2017年6月,第七届"西川读书会"在成都市大邑县陶巴巴农场举行。

第一章／往事并不如烟

2017年"西川读诗会"

2017年7月，第一届"西川读诗会"在青峰书院举行。

55

记·忆 ——西川团队的成长图影

56

第一章／往事并不如烟

梦隐

里所

佛堂后的背阴处
有堆枯败的盆景
一株五瓣梅
托举着紫白色小花
活现其间
这是座尼众修行的寺院
禅香殊胜
痴缠着女性才有的气息
两难辨分
当我看见这条楹联
"梦隐梅花心似铁"
砰砰，砰砰
重锤敲击
失火的三角梅
爬上了
观音殿的屋檐

记·忆——西川团队的成长图影

第一章／往事并不如烟

记·忆——西川团队的成长图影

60

第一章／往事并不如烟

记·忆——西川团队的成长图影

2017年冬，黄菊、海鸿、博涵、永莉于北碚读诗。

第一章／往事并不如烟

▼ 2018年"望江读书会"

2018年3月"望江读书会",阅读陈国球、王德威编的《抒情之现代性:"抒情传统"论述与中国文学研究》,围绕王德威等人倡议的"抒情传统"展开讨论。

记·忆——西川团队的成长图影

2018年"西川读书会"

2018年6月，第八届"西川读书会"在成都天府创客公园举行，师友热烈讨论中。

▼ 2018年"望江读书会"与"杏坛读书会"同步举行

2018年12月,四川大学举行了以王富仁先生《鲁迅与顾颉刚》为主题的读书会,北师大杏坛读书会同步连线举行,李怡老师、王东杰老师、刘福春老师、周文、妥佳宁和各年级博士生硕士生参加。

记·忆 ——西川团队的成长图影

▼ 2019年"望江读书会"

第一章／往事并不如烟

2019年3月,"望江读书会"之"走进艾芜文学小镇"在艾芜故乡成都市清流镇举办,会后参观艾芜故居等地。

记·忆——西川团队的成长图影

▼ 2019年"望江读书会"

2019年10月,"望江读书会"在川大校园会议室举行。

第一章／往事并不如烟

2019年"西川读书会"

记忆

记·忆——西川团队的成长图影

2019年6月，第九届"西川读书会"在阿坝师范学院举行。

第一章／往事并不如烟

2020年"西川读书会"

2020年7月，第十届"西川读书会"之"云中谁寄锦书来"于线上举行。来自四川大学、北京师范大学、西南大学的29位硕博士研究生做了学术报告。李俊杰、李哲、王永祥、欧阳月姣、王学东、妥佳宁、胡安定、孙伟等担任评议人。

记·忆——西川团队的成长图影

论文答辩

2007年6月，四川大学2004级博士生陈祖君、王平、颜同林博士论文毕业答辩会。黎风、冯宪光、刘纳、徐新建、唐小林各位老师参加了此次毕业答辩会，李怡老师在答辩后与各位答辩专家、同学合影留念。

2008年5月，西南大学2005级硕士生梅胜利、丁晓妮、张玫、吴诗媛、孙竹、江小清、曾洁玲毕业论文答辩会。

第一章／往事并不如烟

2008 年 5 月地震中的答辩。四川大学 2008 届毕业硕士向霄（左一）、肖宁遥（右二）与各位答辩专家及同学们合影。答辩开场时，有老师专门提醒一旦有状况，大家赶紧逃生！会后大家既分享了答辩通过后的喜悦，也分享了地震逃生心得。

2009 年 5 月，四川大学 2005 级博士生王玉春，2006 级博士生胡安定、张武军博士毕业论文答辩会。

2009 年 5 月，四川大学 2006 级硕士常海燕与秦芬论文答辩后与李老师合影。

73

记·忆——西川团队的成长图影

2010年5月，四川大学2007级博士生张霞、刘海洲、王学东、徐江、韩明港、谢明香博士论文毕业答辩会。

第一章／往事并不如烟

2011年5月，四川大学2008级博士生孙拥军、杨华丽、付清泉、彭超、布小继、刘晓红博士论文毕业答辩会。

75

记·忆——西川团队的成长图影

2012年5月，北京师范大学2009级博士生袁少冲与李怡老师合影。

第一章／往事并不如烟

2012年6月，四川大学2008、2009级博士生汤巧巧、杜光霞、门红丽、康鑫博士论文毕业答辩会。阎嘉、马睿、王本朝、徐行言老师参加了此次毕业答辩会，答辩主席为王富仁老师。李怡老师在答辩后与各位答辩专家、同学合影留念。

记·忆 ——西川团队的成长图影

2013年5月，北京师范大学2009级博士生任冬梅、卓玛参加毕业论文答辩。

2014年5月，北京师范大学2011级博士生谢君兰在毕业论文答辩后与李怡老师合影。

第一章／往事并不如烟

2014年5月，四川大学2008级博士生袁继锋，2011级博士生谭梅、李金凤在毕业论文答辩后与各位答辩专家及李怡老师合影。

2014年5月，四川大学2011级博士生李哲、王永祥在毕业论文答辩后与各位答辩专家及李怡老师合影。

2015年5月，四川大学2008级博士生朱姝，2010级博士生付海鸿，2012级博士生高博涵、陶永莉参加了毕业论文答辩。

79

记·忆——西川团队的成长图影

2015年5月，西南大学2012级博士生吕洁宇在毕业论文答辩后与李怡老师合影。这是李老师在西南大学带的唯一一届博士生。

2015年5月，北京师范大学2012级博士毕业生罗维斯在毕业论文答辩后与李怡老师及各位答辩专家合影。

第一章／往事并不如烟

2016年5月，四川大学2010级博士生黄菊、2013级博士生彭冠龙参加了毕业论文答辩。

记·忆——西川团队的成长图影

2016年5月，北京师范大学2013级博士生妥佳宁、李俊杰在毕业论文答辩后与李怡老师合影。

此次答辩专家有：沈庆利、王家平、邹红、吴晓东、刘勇教授

2017年5月，四川大学2013级博士生康斌、2014级博士生张雨童在毕业论文答辩后与各位答辩专家合影。

2017年5月，北京师范大学2014级硕士生杨佳韵（后排左四）、高恩河（韩国，后排右三）及同届同学在答辩后与各位答辩专家合影。

第一章／往事并不如烟

2018年5月，四川大学2015级博士生丁晓妮、王琦在毕业论文答辩后与李怡老师合影。

2018年6月，北京师范大学2015级博士生赵静在毕业论文答辩后与李怡老师合影。

2019年5月，北京师范大学2016级博士生杨洋、教鹤然在毕业论文答辩后与李怡老师及各位答辩专家合影。

记·忆 ——西川团队的成长图影

2020年6月，北京师范大学2017级硕士生张墨颖参加线上论文答辩。

84

第一章／往事并不如烟

2021年5月，北京师范大学2014级博士生肖智成、2015级博士生朱元军与李怡老师及各位答辩专家合影。

2021年6月，四川大学2016级博士生龙艳，2018级博士生左存文、李扬与李怡老师及各位答辩专家合影。

记·忆——西川团队的成长图影

我们毕业啦！

2004年6月，西南师范大学2004届硕士刘子琦、许敬、周维东、倪海燕、李昌良。

第一章／往事并不如烟

2005年6月，西南师范大学2005届硕士黄菊、李纾淇、田春荣、王晓瑜、张阳、简纪。

记·忆 ——西川团队的成长图影

颜同林博士与王平博士是李怡老师在四川大学带的第一届博士。

"我是先生在四川大学的第一届博士生,入学时间是 2004 年秋,当时他刚入职四川大学,同届的还有谢明香、王平两位师姐。幸运的是,我还是先生在北京师大的第一届博士后。跟着先生读书、学习,时间较长,受益也最为可观。以先生为召集人所举办的全国性的系列'西川论坛'会议,我只有在山西运城学院主办的会议因为有事未能参加,其他会议都参与了。我在学术成长之路上的每一步都离不开先生的教诲和扶持。"(颜同林)

第一章／往事并不如烟

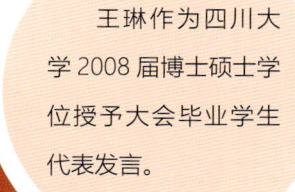

王琳作为四川大学 2008 届博士硕士学位授予大会毕业学生代表发言。

2008 年 6 月，四川大学 2008 届博士王琳、童龙超、傅学敏、钱晓宇与李怡老师合影。

记·忆——西川团队的成长图影

钱晓宇与王琳。

四川大学 2008 届硕士向霄与肖宁遥。

2008 年 6 月，肖宁遥与李怡老师合影，肖宁遥现任教于厦门大学。

第一章／往事并不如烟

2008年6月，西南大学2008届硕士梅胜利、丁晓妮、张玫、吴诗媛、孙竹、江小清、曾洁玲与李怡老师合影。

记·忆——西川团队的成长图影

2009年6月，四川大学2009届博士张武军、胡昌平、周逢琴、张敏、胡安定、王玉春、贺芒、侯春慧与李怡老师合影。

第一章／往事并不如烟

2009年6月,西南大学2009届毕业硕士为门红丽、夏莹、韩璇、匡霞、苟强诗、贺生军。图为门红丽、夏莹、韩璇、匡霞。

记·忆——西川团队的成长图影

2010年6月，四川大学2010届博士徐江、韩明港、王学东、张霞、刘海洲、谢明香在学位授予大会现场。

第一章／往事并不如烟

2011年,韩国留学生白贞淑在北京师范大学取得文学博士学位,与导师合影。

2011年6月,四川大学2011届博士布小继、孙拥军、杨华丽、彭超、刘晓红、付清泉与李怡老师合影。

记·忆——西川团队的成长图影

四川大学 2012 届毕业博士、硕士与李怡老师合影，博士为：杜光霞、门红丽、康鑫和汤巧巧。硕士为：罗维斯、胡琰和马凤。

正衣冠。

第一章／往事并不如烟

请师父笑纳我的论文~

97

记·忆——西川团队的成长图影

2012年6月，北京师范大学2012届博士袁少冲，硕士周墨西与李淑敏。博士师兄一脸凝重，硕士师妹笑容灿烂~

李淑敏、周墨西与李怡老师合影。

2013年6月，北京师范大学2013届博士任冬梅、卓玛与李怡老师合影。

第一章／往事并不如烟

2014年6月，四川大学2014届博士袁继锋、张睿睿、袁娟、王永祥、李哲、谭梅、李金凤；硕士常依娜、曹先希。图为李哲、李金凤、谭梅、王永祥、常依娜、曹先希与李怡老师合影。

记·忆——西川团队的成长图影

左起：张睿睿、袁娟、李哲、李金凤、谭梅。

第一章／往事并不如烟

袁继峰在学位授予典礼现场。

学位授予典礼瞬间。

我们江湖上见啦!

记·忆——西川团队的成长图影

2014年6月，北京师范大学2014届博士谢君兰与李怡老师合影。

2014年6月，北京师范大学2014届硕士齐午月、陈晓嘉与李怡老师合影。

第一章／往事并不如烟

晓嘉、午月于校园中留影。

四川大学 2015 届博士、硕士与李怡老师合影。博士为陶永莉、朱姝和高博涵；硕士为李美慧和谢力哲。

记·忆——西川团队的成长图影

2015届博士高博涵，现任教于重庆师范大学。

四川大学2016届博士彭冠龙与李怡老师合影，彭冠龙现任教于山东师范大学。

第一章／往事并不如烟

北京师范大学2016届博士、硕士与李怡老师合影。博士为李俊杰、妥佳宁；硕士为教鹤然、马晗敏。

李老师、康老师送别毕业生。

记·忆——西川团队的成长图影

四川大学2017届博士、硕士与李怡老师合影。博士为张雨童、康斌；硕士为刘兴湘、李静、胡余龙和曹珏琳。

张开双臂，拥抱未来！

第一章／往事并不如烟

北京师范大学 2017 届毕业硕士高恩河（韩国，左二）、杨佳韵（右二）及其他同届学生与李怡老师合影。

2017 年 6 月，李老师、康老师及同门送别 2017 届硕士杨佳韵（前排右一）、高恩河（前排左一）。

记·忆 ——西川团队的成长图影

2018年6月，四川大学2018届博士丁晓妮、王琦与李怡老师合影。

四川大学2018届硕士阿加伍呷、刘蔓、谭源菲、马明睿与李怡老师合影。

第一章／往事并不如烟

2018年6月，北京师范大学2018届博士赵静，硕士宫铭杉、罗晴与李怡老师合影。

哈哈哈，毕业啦，老师再也管不了我啦~~

109

记·忆 ——西川团队的成长图影

师弟师妹与李老师、康老师一同送别毕业师姐。

第一章／往事并不如烟

2019年6月，北京师范大学2019届博士教鹤然、杨洋，硕士刘秀林、陈莹莹，出站博士后熊权与李怡老师合影。

111

记·忆——西川团队的成长图影

温馨毕业餐。

第一章／往事并不如烟

2020年6月疫情严重，北京师范大学2020届硕士张墨颖未能回校拍学位服照。图为墨颖在北师大的本科毕业照。

2020年6月，北京师范大学2020届毕业博士蔡益彦与李老师合影。

113

记·忆 ——西川团队的成长图影

2020年6月，四川大学2020届博士胡余龙，硕士季晨雨、黄晶晶与李怡老师合影。

2021年6月，四川大学2021届博士龙艳、李扬、左存文，硕士林依依、于孟溪、陈佳佳。

第一章／往事并不如烟

2021年6月，四川大学2021届博士左存文、龙艳、李扬与李怡老师合影。

四川大学2021届博士李扬与李怡老师合影。

115

记·忆——西川团队的成长图影

2021年6月,北京师范大学2021届博士肖智成、朱元军,硕士何金栖。

第一章／往事并不如烟

博后在校生活

记·忆——西川团队的成长图影

颜同林在北师大的博后生活。2011年答辩出站。

2012年10月，北京师范大学博士后王玉春与李怡老师出站合影。

第一章／往事并不如烟

2014年，四川大学博士后黎保荣、卢军、孙伟与在校博士生合影。

记·忆——西川团队的成长图影

2014年5月，四川大学博士后卢军、黎保荣与李怡老师出站合影。

第一章／往事并不如烟

2015年6月，四川大学博士后孙伟与李怡老师出站合影，孙伟现任教于暨南大学。

记·忆——西川团队的成长图影

四川大学中国语言文学博士后朱幸纯、魏巍出站报告会

2016年5月,四川大学博士后朱幸纯、魏巍出站报告会。

第一章／往事并不如烟

2019年6月,北京师范大学博士后熊权与李怡老师出站合影,熊权现任教于中央民族大学。

2019年4月,且志宇办理四川大学博士后入站手续。

2019年6月,四川大学博士后妥佳宁开题。

记·忆——西川团队的成长图影

2021年10月，四川大学博士后康宇辰在中国现代文学成都理事会上。

2021年10月，四川大学博士后欧阳月姣在中国现代文学成都理事会上。

第一章／往事并不如烟

海外留学生的中国生活
北师大 2011 级博士生白贞淑（韩国）

"我在北京读书的时候，第一次跟李老师去了四川。我记得在重庆有一个会议，大概是一个星期的旅程。我之前从没去过四川，参加会议的经验也不是很多，甚至离家长途旅行的经验也很少。在陌生的地方漂流一个星期对我来说是一种冒险。"（白贞淑）

记·忆——西川团队的成长图影

第一章／往事并不如烟

在中国大口吃面。

　　"在重庆、成都我在师兄师姐家住了两天，还有当时在川大读博士的康鑫和其他朋友让我住在宿舍里。这对我来说是非常新鲜的经验，因为我在北京一直在留学生宿舍里生活，朋友也不多，生活很单调。我第一次去川渝，在重庆、成都那里竟然感受到了温馨的家庭，也感受到了亲密的友谊。师兄师姐家客厅里摆着鲜花，早上为我准备了热早餐。张武军师兄夫妻还为我准备了不锈钢筷子，让我惊喜。

　　"康鑫和朋友们带我去品尝了各种成都小吃，逛了宽窄巷子等地方。我大概了解到了重庆多么生机勃勃，成都人多么爱生活。"（白贞淑）

127

记·忆——西川团队的成长图影

第一章／往事并不如烟

贞淑在韩国的传统式婚礼。

贞淑一家人幸福的生活。

129

记·忆——西川团队的成长图影

北师大 2016 级博士生黄晶铉（韩国）

第一章／往事并不如烟

和老师、朋友们的笑脸。

记·忆——西川团队的成长图影

四川大学 2018 级博士生金彬那丽（韩国）

第一章／往事并不如烟

记·忆——西川团队的成长图影

毕业赠礼，美好祝愿

李老师给毕业生发红包，祝大家早日在社会上立足。

2015 年 6 月，李老师给 2015 届博士及博后赠礼。

第一章／往事并不如烟

2016 年，李老师给每位毕业的硕士都准备了精美礼物。

李老师毕业赠礼，祝大家有一个好的前程。

135

在列车上幻想一片海

阿加伍呷

已经坐了一天一夜的火车

还要继续坐一天一夜

时间在封闭的车厢内，反而更完整地

流动开来，你的生命可以更好地感知

在 K4488 上，时间从成都流向重庆

从重庆流向遵义，从遵义流向贵阳

从贵阳流向凯里，从凯里流向长沙

从长沙流向广州，再从 Z385 列车

流向海口，流向海南，流进大海

时间在列车上只有

两个模样：白天和黑夜

此刻，我在一辆绿皮的在陆地上奔驰

着的火车里，放肆地意淫着一片海

幻想一片海的样子——

因为，我知道，当我真的见到海的

那一刻，我就再也写不出海

2018-01-19

从贵州到湖南的列车上

第二章

行走在世界

DI-ER ZHANG
XINGZOU ZAI SHIJIE

记·忆——西川团队的成长图影

足迹·西川论坛

第一届西川论坛

2011年12月，筹备半年有余的西川论坛第一届年会在云南蒙自红河学院成功召开，会议主题为"民国经济与现代中国文学"。

会场留念。

第二章／行走在世界

似乎说得有道理啊!

那边有精彩发言?

讲读。

139

记·忆——西川团队的成长图影

争论。

你说的我不同意。

140

第二章／行走在世界

真的吗？我不信。

记·忆——西川团队的成长图影

云南的阳光

— 王永祥 —

你的肉身会被解放

衣服成了多余

每个毛孔

都将盛满舞蹈的阳光

原始的鼓声

从红土地下传来

每一声都有古铜色的重量

阳光的锤

将会敲击你的每根神经

我看到疯狂的队伍

从古典的眼睛里出发

我们将会把苍白的生命

在阳光里重新点燃

从此你会明白

淤积在文化暗影中的生命

原来需要云南的阳光

一次次地曝光

2011-12-29

记·忆——西川团队的成长图影

白马旁的大学女生。左起：李金凤、任冬梅、袁莉、谢君兰。

第二章／行走在世界

武军高光时刻。左起：谢明香、张霞、张武军、徐江、谢君兰。

本年度西川女将。左起：徐江、杨华丽、张霞、刘佳、邬冬梅、卢军、黄菊、朱姝、王玉春、李金凤、任冬梅、白贞淑、刘晓红、袁莉、谢君兰、秦芬。

145

记·忆——西川团队的成长图影

来年再见哟!

146

第二届西川论坛

第二届西川论坛在北京师范大学举行。

记·忆——西川团队的成长图影

北师大南山诗社在会议间歇表演。

第三届西川论坛

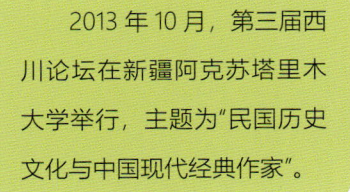

民国历史文化与中国现代经典作家学术研讨会

2013年10月，第三届西川论坛在新疆阿克苏塔里木大学举行，主题为"民国历史文化与中国现代经典作家"。

记·忆——西川团队的成长图影

颜同林 　袁少冲 　邱戈

钱晓宇 　卢军 　倪海燕

妥佳宁　罗维斯 　赵静

第二章／行走在世界

记·忆——西川团队的成长图影

第二章／行走在世界

记·忆 ——西川团队的成长图影

飞跃天山。

第二章／行走在世界

"记得第一次参加西川论坛，是去新疆阿克苏。

"新疆的风光与别处不同，一下飞机就感觉风物都变得硬朗起来。到现在都还记得坐在去开会的大巴上，高博涵师姐明朗的歌声，就好像听了一场演唱会一样，一下子就纾解了我有点紧张的情绪。开会学习时还能听一场演唱会，真的很开心，就像是一张门票却尝试了两种熏陶，有文学的，有艺术的。那简直是听觉、视觉，所有感官的双倍体验。"（赵静）

记·忆 ——西川团队的成长图影

第二章／行走在世界

———— 王永祥 ————

胡杨林是时间的雕塑

只有楼兰姑娘知道他们的秘密

佯装出逃城市的人

妄想着在沙漠流浪

驼铃在戈壁砸下脚印

而羊群温顺如夕阳的眼神

你在心里默祷　神啊

降生一个在大漠上出嫁的姑娘

她的盖头下有沙漠的绿洲

而那华丽的嫁妆闪烁着星星的明亮

记·忆——西川团队的成长图影

第二章／行走在世界

第四届西川论坛

2014年第四届西川论坛在四川宜宾学院举行，会议主题为"国民革命与中国现代文学"。

记·忆——西川团队的成长图影

中国社科院刘福春研究员、上海交大张中良教授与韩国东亚大学金龙云教授。

第二章／行走在世界

韩国东亚大学金素贤教授、澳大利亚新南威尔士大学郑怡教授与台湾政治大学张堂锜教授。

记·忆——西川团队的成长图影

会后大家考察中国抗战四大文化中心之一李庄。

第二章／行走在世界

第五届西川论坛

日本福冈即景。

记·忆——西川团队的成长图影

郭沫若后人、国际郭沫若学会会长、日本郭沫若学会副会长藤田梨那介绍会议流程。

164

第二章／行走在世界

2015年3月，第五届西川论坛在日本福冈九州大学召开。

记·忆 ——西川团队的成长图影

学术会议后的茶话会。

第二章／行走在世界

记·忆——西川团队的成长图影

日本郭沫若研究会会长岩佐昌暲教授与王学东于樱花树下。

第二章／行走在世界

笔立山驻车场。

第六届西川论坛

2016年4月,第六届西川论坛在南京金陵科技学院举行。

第二章／行走在世界

笑而不语。

拿捏住重点！

171

记·忆——西川团队的成长图影

"民国南京与中国现代文学"学术研讨会
2016年4月

会后，西川同人探访中山陵。

第二章／行走在世界

记·忆——西川团队的成长图影

第二章／行走在世界

第七届西川论坛

2017年6月，第七届西川论坛在山西运城学院举行。

会后，西川同人探访南京师大校园。

记·忆 ——西川团队的成长图影

听说学生们的论文都交上来了，老师们露出老父亲般欣慰的笑容。

176

第二章／行走在世界

记·忆——西川团队的成长图影

2017 运城·民国时期的红色文学与山西文学学术研讨会

探访关帝庙。

第二章／行走在世界

结义三兄妹。

梨花院落四美。

张生逾墙处。

179

记·忆 ——西川团队的成长图影

第二章／行走在世界

第八届西川论坛

肇庆，我们来啦！

记·忆——西川团队的成长图影

2018年10月，第八届西川论坛在广东肇庆学院举行。

第二章／行走在世界

记·忆 ——西川团队的成长图影

"民国广东与中国现代文学"全国学术研讨会（2018肇

男队率先发难。

第二章／行走在世界

女队轻松化解。

钱晓宇

教鹤然

李直飞

布小继

康 斌

男队强化攻势。

记·忆 ——西川团队的成长图影

女队据理力争。

康 鑫

卢 军

谁都说服不了谁？那就1Ⅴ1 battle！

李乐乐

胡余龙

袁少冲

杨 洋 发言人红

第二章／行走在世界

团战之后，各位看官，你们猜结果如何？

187

记·忆——西川团队的成长图影

"民国广东与中国现代文学"全国学术研讨会代表合影
2018.10

2019 年青年学者论坛

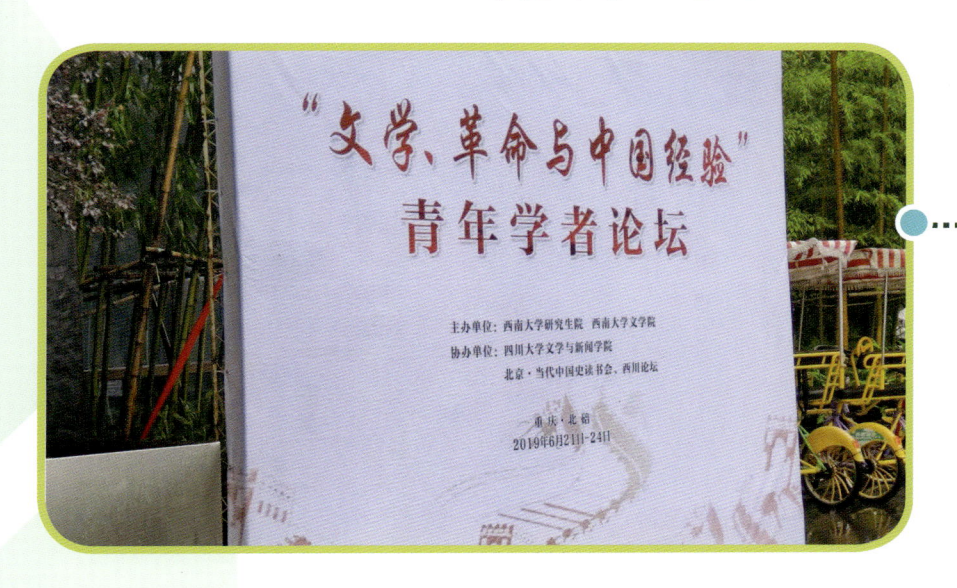

2019年6月,"文学、革命与中国经验"青年学者论坛在重庆北碚召开,西川同人汇聚一堂。

记·忆 ——西川团队的成长图影

2019年西川论坛特别对话

为更好地认识和保护中国近代文献，集聚学术界、图书馆藏界力量，共同探讨近代文献史料的文化价值、出版价值，2019年7月3日，"如何面对近代文献——西川论坛特别对话"学术研讨会在四川成都举行。

交流·海外参会

2009年纽约街头。左起：李怡老师、钱晓宇、蔡震老师。

2009年8月，李怡老师、钱晓宇应邀参加在约翰霍普金斯大学举办的首届国际郭沫若学会大会。

记·忆——西川团队的成长图影

李怡老师在会上做主题发言。

第二章／行走在世界

李怡老师与朱寿桐、魏建教授在约翰霍普金斯大学合影。

2012年，李怡老师一行受邀在圣彼得堡参会。

记·忆——西川团队的成长图影

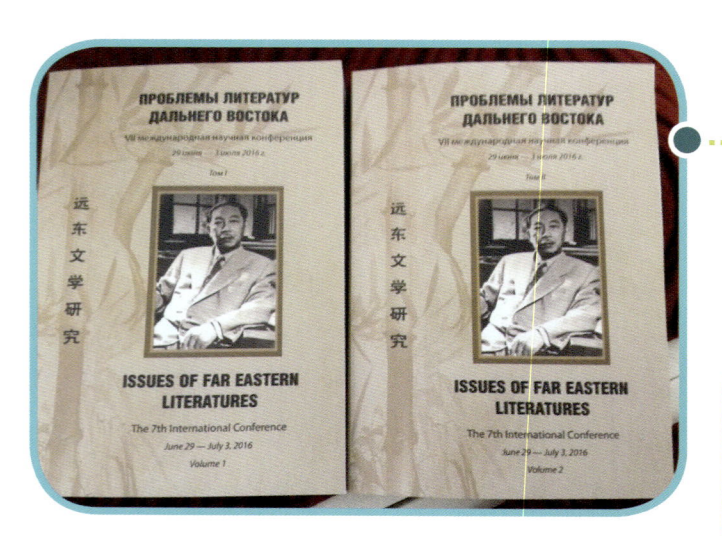

2016年6月，邬冬梅、罗维斯参加俄罗斯圣彼得堡大学"第七届远东文学研究暨纪念茅盾诞辰120周年国际学术研讨会"。

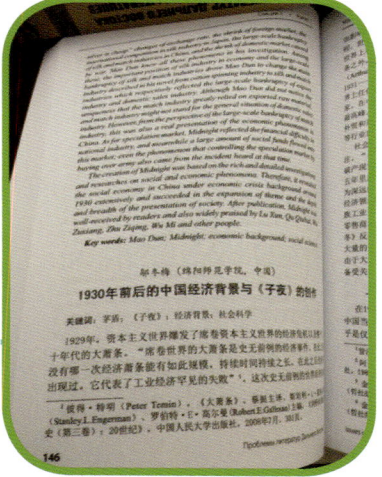

第二章／行走在世界

会议中,熊权做主题发言。

记·忆——西川团队的成长图影

2016年8月，东京。左起：钱晓宇、王玉春、贾振勇、周维东、王婉如。

2016年，康鑫与张睿睿在韩国外国语大学参加研讨会，与朴宰宇老师合影。

第二章／行走在世界

2016 年，任冬梅在日本北海道小樽参会。

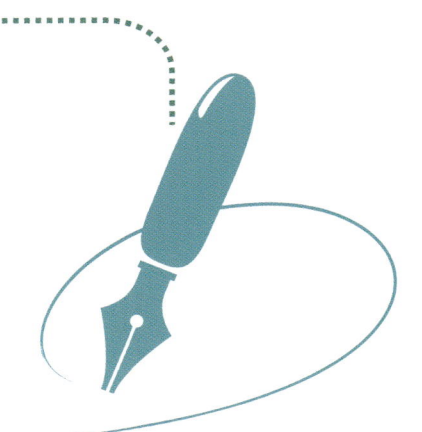

2017 年 4 月，应美国普林斯顿大学、罗格斯大学东亚系之邀，李怡老师赴美演讲。演讲题目是"民国文学：概念和意义"，钱晓宇担任现场翻译。

记·忆——西川团队的成长图影

2017年6月，李怡老师在澳大利亚新南威尔士大学讲学。

第二章／行走在世界

2017年10月，王婉如、袁昊、袁少冲、陈夫龙参加首尔张爱玲国际研讨会。

记·忆——西川团队的成长图影

2017年，肖伟胜教授受邀在奥地利克拉根福大学授课。

2018年，巴黎。西川同人钱晓宇、王玉春、熊权、周文、彭冠龙等参会。

第二章／行走在世界

2018年10月，李怡老师在澳大利亚新南威尔士大学讲学。

记·忆——西川团队的成长图影

2019年8月,李怡老师在日本大学讲学,结束后与山口守教授及部分学生合影。

2019年8月,李怡老师在日本大学讲演,藤井省三教授提问。

第二章／行走在世界

2019年8月，李怡老师与山口守教授、赵京华教授、施小炜教授在日本箱根环翠楼聚谈。

记·忆——西川团队的成长图影

世界风景中的我们·出国访学

2004年8月—2005年8月，张睿睿在加拿大卡尔加里大学文化与传媒学院访学。

2006年暑期与2007年暑期，张睿睿在美国普林斯顿大学东亚系访学。

204

第二章／行走在世界

2011年4月—2013年5月，张睿睿在美国新罕布什尔大学语言和文化学院访学。

2013年3月，王平在美国亚利桑那大学访学。

2013年维也纳大学，钱晓宇与冯铁教授合影。

记·忆——西川团队的成长图影

2013年谢君兰在澳大利亚新南威尔士大学访学。访学期间所摄悉尼歌剧院烟花。

第二章／行走在世界

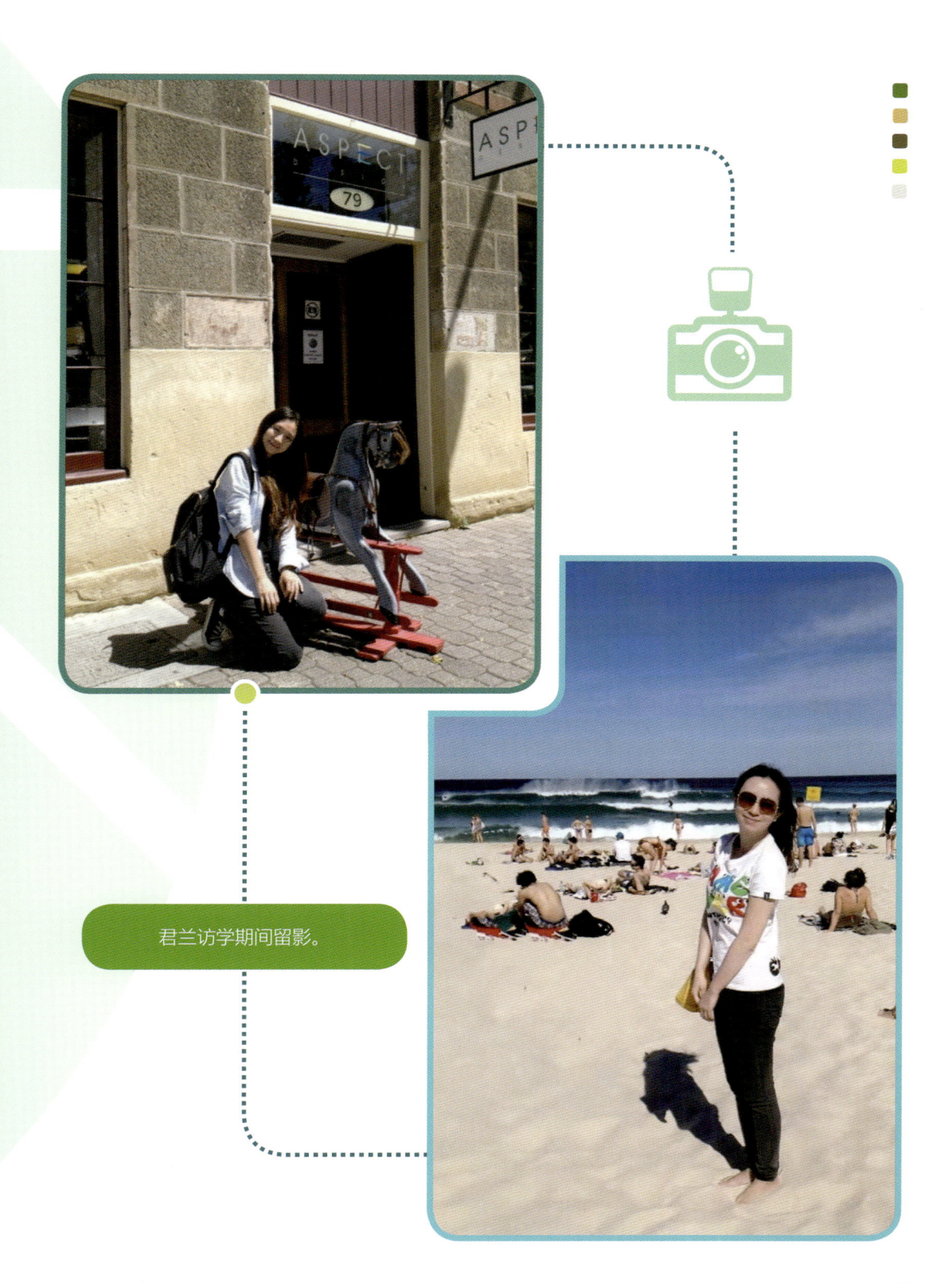

君兰访学期间留影。

记·忆 ——西川团队的成长图影

维东在罗马。2016年，周维东在奥地利维也纳大学访学期间漫游欧洲。

第二章／行走在世界

2016年倪海燕在美国莫尔豪斯学院访学，教授中文课程，与学生们合影。

2018年4月，李乐乐在西班牙巴塞罗那大学访学。她在眺望什么呢？

2017年3月，在杜克大学访与访学导师罗影。

209

记·忆 ——西川团队的成长图影

2020年1月—2021年1月，张睿睿在加拿大不列颠哥伦比亚大学亚洲中心访学。

2021年倪海燕在美国一所初中担任数学老师，与同事合影。

2021年，倪海燕在美参加提高乳腺癌认知的游行。

第二章／行走在世界

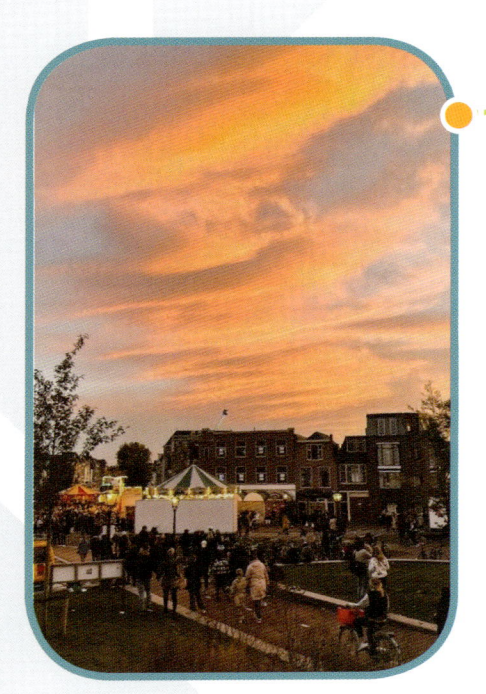

2021年11月，汤巧巧在荷兰莱顿大学访学。图为汤巧巧所摄莱顿大学附近景色，匆忙的行人，变幻莫测的天气，漂亮的云。

巧巧在访学期间受邀在希腊参加诗歌节。

211

我右耳里住着一片呼啸的大海

肖严

我右耳里住着一片呼啸的大海
如果我一个人待着,我右耳中的涛声,就会来提醒我
一片从未谋面的台风正在我耳朵里登陆
从未谋面的另一个自己
在台风里死去,也在台风里诞生

我右耳里有一个夏天的蝉鸣
从我眼睛里碧绿碧绿地映入
又从我耳朵里银亮银亮地淌出

我右耳里有一列青色的铁轨
我小小的身体里装满了沉重的金属碰撞
巨大的蒸汽车头吞吐云朵
我搭乘上这一辆造云机
被吞下又被吐出
我就如我所愿,融化在蓝天里

融化在蓝天里,我成了神圣冰川的一部分
我听见我的右耳里有一场古老的雪崩
雪山在上,如神明凝视
这千年静默令我敬畏

我右耳里燃起一场大火
从一个梦烧到另一个梦
我听见火中有细小的泣诉,夜晚通体发光
我从大火里醒来,就像一块纯铜从熔炉里醒来

我的左耳是一个沉默的朋友,我的右耳是一个不愿沉默的朋友
我被迫学会了倾听——过去我不曾听见的自己
直到我的两位朋友穿过了世界上所有杂音来找我
在嘈杂声中,辨认出了我

2015-12-08

第三章

媒体·我们

DI-SAN ZHANG
MEITI WOMEN

记·忆——西川团队的成长图影

从分享开始

2011年9月，李怡老师受邀到绵阳师范学院讲学。

第三章／媒体·我们

2011年12月17日，李怡老师应邀到云南师范大学文学院作了题为"民国历史与中国现代文学"的专题讲座。文学院300多名师生到场聆听了讲座。讲座由文学院副院长胡彦教授主持。

记·忆——西川团队的成长图影

2015年4月2日,颜同林在贵州师范大学"弘文大讲堂"作题为"赵树理小说与乡土中国"的讲座。讲座由文学院副院长史光辉主持,文学院各年级辅导员及300余名学生到场聆听,座无虚席。

第三章／媒体·我们

2017年6月1日，李怡老师受邀在"志成讲堂"开讲"网络时代读鲁迅"，来自北京市第三十五中学、志成小学、第四中学、第八中学和北京师范大学第二附属中学等15所学校的近100位老师现场聆听了李怡老师的精彩讲演。

217

记·忆 ——西川团队的成长图影

2017年11月27日，李怡老师为西北大学文学院师生带来了题为"中国现代文学研究中的'民国文学'概念"的学术报告。

第三章／媒体·我们

2018年5月26日，由兰州市委宣传部主办的《金城讲堂》名家讲座在金城大剧院举行，李怡老师应邀为金城市民带来一场题为"国学时代读鲁迅"的文化讲座。

李怡教授还参加了由兰州市委宣传部主办的"金城文化沙龙"活动，在兰州市图书馆三楼报告厅和甘肃省文联副主席马国俊、兰州大学文学院院长程金城一起与广大市民围绕"现代文学中的诗歌创作"开展活动交流。龙艳担任此次文化沙龙的主持人。

219

记·忆 ——西川团队的成长图影

2018年6月15日，刘福春老师应邀赴首都师范大学作了一场题为"新诗之初——最早的新诗、诗集及其他"的讲座。本次讲座由首都师范大学中国诗歌研究中心主办，该中心副主任孙晓娅教授主持。

2018年10月，李怡老师在肇庆学院讲座，黎保荣担任讲座主持人。

第三章／媒体·我们

2019年10月9日，张武军应邀在陕西理工大学作了题为"五四新文化的运动逻辑"的学术报告。报告会由文学院院长李宜蓬主持。

记·忆——西川团队的成长图影

2019年11月14日，颜同林应铜仁学院写作研究院邀请，在博思楼作了以"民歌资源与中国现代新诗创作"为主题的学术讲座。写作研究院教师、全校200多名学生到场聆听讲座。讲座由写作研究院庄鸿文教授主持。

第三章／媒体·我们

2020年1月2日，李怡老师应海南师范大学文学院邀请，作了题为"鲁迅：现代中国的预言家"的学术报告，从"预言家"的视角提出了理解鲁迅的另一种路径，阐述了鲁迅深远的文化意义。

2020年10月12日，在西华大学图书馆报告厅举办了西华大学60周年校庆系列讲座暨文学与新闻传播学院"问渠论坛"。李怡老师受邀以"日本体验与'新诗郭沫若'的诞生"为主题作讲座。本次讲座由王学东教授主持，200余名师生参加了此次讲座。

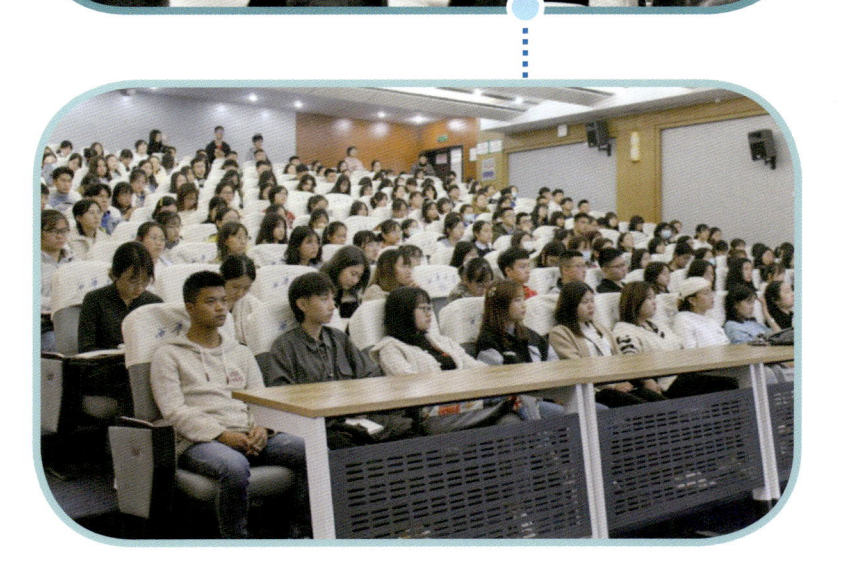

记·忆 ——西川团队的成长图影

2021年4月25日,周维东为南京晓庄学院师生主讲题为"清末民初的青年文化与新文学"的五四青年节公开课。

第三章／媒体·我们

> 理智化抒情
> 是现代诗歌带给我们新的景观
> 也是现代人的自我思考

李怡
诗歌评论家
四川大学文学与新闻学院

2021年10月，国际诗酒文化大会第五届中国酒城泸州老窖文化艺术周"酒城讲坛"在泸州持续开讲。李怡老师带来了"中国新诗与现代生活"主题演讲，与数百名诗歌、文学爱好者分享了他眼中中国新诗在现代生活中所传达的思想与艺术。

225

记·忆——西川团队的成长图影

★ 前行的注脚

2014年9月—2015年7月，教鹤然去往台湾师范大学访学，图为在台师大与李欧梵教授及同学们合影。

鹤然在台大听讲座，与主讲人王德威教授及同学们合影。

第三章／媒体·我们

2016年，台北，李怡老师、钱晓宇参会。

记·忆——西川团队的成长图影

2016年，任冬梅的博士学位论文《幻想文化与现代中国的文学形象》获得第七届全球华语科幻星云奖"最佳原创图书"金奖。

2017年6月，李怡老师被授予北京师范大学第三届"最受研究生欢迎的十佳教师"。授奖词为：他是五四薪火的承传者，鲁迅精神的践行者，诗歌艺术的讲述者，学术疆域的开拓者。课堂内外，他风趣、激越、开阔、深沉，有一颗赤子之心；文章之中，他思辨、犀利、豁达、深切，满含热忱真情。走近他，你能享受到思想的荣光和文学的力量。

第三章／媒体·我们

2017 年 12 月，阿加伍呷和李乐乐均获得第四届"马识途文学奖"一等奖。

2018 年 8 月，罗维斯参加第四届全国高校青年教师教学竞赛，荣获文科组一等奖。并荣获天津市五一劳动奖章。

记·忆 ——西川团队的成长图影

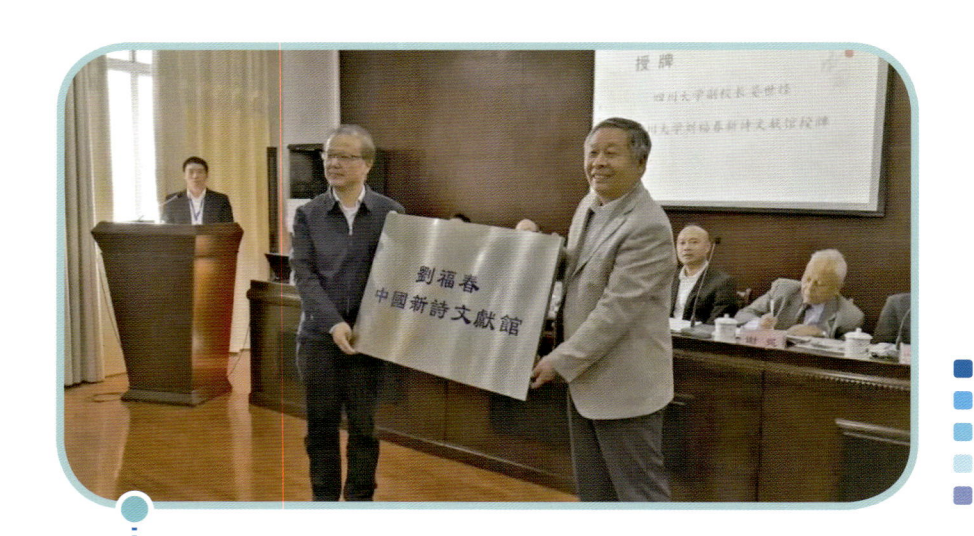

2019年2月，由"封面新闻"举办的"名人堂·2018四川十大年度文化大事件"评选活动结果揭晓，"刘福春中国新诗文献馆开馆"上榜。

2019年2月，颜同林在贵州省人民大会堂被授予贵州省德艺双馨文艺工作者称号。

第三章／媒体·我们

厦门大学2019年
"我最喜爱的十位老师"

"教育是点亮星火。"她将丰富的文化元素融入国际汉语教学,她是厦门大学翔安校区"中国日"文化节的创始人和总导演,她实现了第一部由德国人演出的中国话剧全剧,她身体力行在文化交流第一线,让点点星火汇聚成文明交流互鉴的磅礴力量。

2019年9月,肖宁遥获厦门大学2019年"我最喜爱的十位老师"称号。

231

记·忆 ——西川团队的成长图影

2019年12月，由李怡老师领衔的西川学人科研团队在四川大学举行的第五届"德渥群芳"育人文化建设先进科研团队评选活动中获标兵科研团队表彰。

封面视频
出版学术专著
《中国现代文学的巴蜀视野》
《现代四川文学的巴蜀文化阐释》
《中国现代新诗与古典诗歌传统》
《大西南文化与新时期诗歌》
《阅读现代——论鲁迅与中国现代文学》等

2020年5月，《华西都市报》"封面新闻"策划并推出"成渝双城志文化同源"专题报道，细数那些在巴蜀文化共同滋养下闪耀的群星，并就成渝两地文化的新发展对话李怡老师。

封面视频
未来的趋势是一个双赢的一个大事

232

第三章／媒体·我们

2020年6月，妥佳宁在四川省第五届高校青年教师教学竞赛中荣获一等奖。

记·忆——西川团队的成长图影

2020年12月,颜同林在贵州省人民大会堂接受贵州省先进工作者表彰。

2021年,任冬梅参与录制CCTV-10纪录片《科幻地带》。

第三章／媒体·我们

2021年4月，李淑敏（里所）获得第一届先锋书店先锋青年诗人奖，由导演万玛才旦为其授奖。授奖词：

里所的诗歌，既有一种传统的典雅与精致，又有一种敢于进行强硬撞击的身体性；既有绵密细腻的内心，又有尖锐的冲突感与爆发力。这种奇特的综合，形成了里所脱颖而出的独有风格。

第一届先锋书店诗歌奖评委会　沈浩波执笔

记·忆——西川团队的成长图影

2021年5月，王玉春在首届辽宁省普通高等学校教师教学大赛中荣获特等奖。

2022年7月，王琦参加第二届全国高校教师教学创新大赛，获得中级组一等奖。

第三章／媒体·我们

同路者同行

李怡老师与对西川群体精神传统影响深远的三位学者王富仁、钱理群和刘纳老师合影。

王富仁老师永远的笑容。

记·忆——西川团队的成长图影

2016年，周维东在维也纳大学访学时与冯铁教授及其夫人合影。

第三章／媒体·我们

哈佛大学东亚系王德威教授在北京与李怡老师合影。王德威教授先后访问北京师范大学和四川大学，参加西川同人在北京、成都和台北的学术活动。2022年，妥佳宁赴哈佛大学东亚系访学。

奥地利维也纳大学教授在北京师范大学励耘10李怡老师寓所。冯铁教次参与北京、成都同人动，由他邀请，周维东赴维也纳大学访学。

澳大利亚新南威尔士大学郑怡教授在四川大学授课。郑怡教授多次在北京师范大学、四川大学演讲，与李怡老师开展学术合作。谢君兰、谢力哲、黄晶晶先后赴澳大利亚交流。

记·忆——西川团队的成长图影

2013年，谢君兰于新南威尔士大学校园留影。

2019年12月，黄晶晶于新南威尔士大学访学期间留影。照片摄于悉尼市中心的海德公园。海德公园初建于1810年，距今已有200多年的历史，身边的喷水池和铜雕与岁月交相辉映。

第三章／媒体·我们

李怡老师与郑怡、寇志明教授在新南威尔士大学合影。

郑怡老师于北师大讲学时与学生合影。

记·忆——西川团队的成长图影

日本大学山口守教授在东京与李怡老师合影。山口守教授先后访问北京师范大学与四川大学，为学生授课。赵静曾经赴日本大学访学。

2015年9月山口守教授于北师大讲学时与李怡老师、李哲合影。

第三章／媒体·我们

李怡老师与日本九州大学岩佐昌暲教授。岩佐教授多次访问北京师范大学、四川大学，将自己的毕生藏书捐献给四川大学，建立"岩佐文库"，私人出资举办了西川论坛在海外的第一次学术研讨会。

记·忆——西川团队的成长图影

岩佐教授将毕生藏书捐赠给四川大学文学与新闻学院，设立"岩佐文库"供师生研学使用。

李怡老师在台北与张堂锜教授合影。台湾政治大学张堂锜教授在台北成立民国历史文化与文学研究中心，呼应西川论坛的民国文学研究，积极参与西川论坛的学术讨论。张武军曾经前往台湾政治大学访学一年，谢君兰、任冬梅、李哲、王永祥、罗梅等参加过台湾政治大学主办的两岸青年论坛。

第三章／媒体·我们

谢君兰和任冬梅在台北参加青年论坛。

李老师、康老师拜访张堂锜教授的工作室留影。

左一为王婉如，曾为四川大学博士后、四川大学教师，后任教于台北政治大学，在全校校雅人文讲座中与张堂锜教授、作家张晓风等合影。

245

记·忆——西川团队的成长图影

李怡老师与日本国士馆大学藤田梨那教授在仙台查阅文献。

藤田梨那教授在北京师范大学讲学时与众师友合影。

荷兰莱顿大学汉学家柯雷教授在四川大学讲学。柯雷教授多次访问北京师范大学、四川大学，与李怡、刘福春交流合作。2021年汤巧巧赴莱顿大学访学。

第三章／媒体·我们

左为周质平教授，任教于美国普林斯顿大学东亚系，多次赴北京师范大学、四川大学演讲。2017年春，李怡老师应邀在普林斯顿大学东亚系壮思堂演讲民国文学研究，钱晓宇任现场翻译。

左为张中良教授，先后任职于中国社科院文学研究所、上海交通大学，多次参加西川论坛的学术活动，关注西川学生的成长，给予论坛很大的支持。

记·忆 ——西川团队的成长图影

左为刘福春教授，长期在中国社科院文学研究所工作，2018年6月起担任四川大学讲座教授、博士生导师，四川大学刘福春新诗文献馆馆长。从第一届西川论坛起就参与活动，对青年学者的成长提供了多种帮助。

第三章／媒体·我们

张瑛，现任花城出版社策划编辑室主任，兼任暨南大学出版硕士专业学位研究生实践指导教师，近年策划、编辑由西川论坛同人主要撰稿的"民国文学史论"丛书、"中国共产党与左翼文化运动"丛书等。张瑛老师常年参加论坛活动，关注论坛学术动态，见证了一批西川青年同人的成长。

"民国文学史论"第一辑封面立体图。   "民国文学史论"第二辑封面立体图。

星期三的珍珠船

——— 里所 ———

当秋天进入恒定的时序

我就开始敲敲打打

着手研磨智慧的药剂

苦得还不够,我想

只是偶尔反刍那些黏稠的记忆

就足以沉默

要一声不出地吞下鱼骨

要消化那块锈蚀的铁

我想着这一生

最好只在一座桥上结网

不停地画线

再指挥它们构建命运的几何

我必定会在某一个星期三

等到一艘装满珍珠的船来

2015

第四章

刹那间

DI-SI ZHANG
CHA NA JIAN

交游拾趣

喝茶

川大小北门的奶茶。

望江楼的"飘雪"?

第四章／刹那间

记·忆——西川团队的成长图影

2016年9月，在第十二届巴金国际学术研讨会后康鑫带师友前往石家庄"三字禅茶院"喝茶。

第四章／刹那间

2017年7月，青峰书院饮茶。

记·忆——西川团队的成长图影

赏花

256

第四章／刹那间

崇州市最美油菜花田。

记·忆——西川团队的成长图影

第四章／刹那间

—— 阿加伍呷 ——

蝴蝶啜饮露水时，瘦弱
蝴蝶啃食花瓣时，恋爱
一只蝴蝶会因心事过重
而飞不过一朵花吧

记·忆——西川团队的成长图影

第四章／刹那间

成都南郊"花舞人间"。

记·忆——西川团队的成长图影

毛迅老师阳光房中的花卉绿植。

陶巴巴农场太阳花。

第四章／刹那间

游园

记·忆——西川团队的成长图影

泛舟

第四章／刹那间

登高

记·忆——西川团队的成长图影

看"海"

我没见过大海的时候

里所

想象中一个蓝色的容器

贮满含盐的记忆

可以在里面养鱼和爱情

2012

第四章／刹那间

2019年6月，西川同人参加山东大学威海校区研究生暑期班。

267

记·忆——西川团队的成长图影

寻古

2013年，花莲太鲁阁寻碑。

2019年夏，李怡老师在日本仙台大衡村寻访郭沫若夫人安娜遗迹，同行为藤田梨那教授。

第四章／刹那间

踏沙

让我们红尘作伴，活得潇潇洒洒，策马奔腾，共享人世繁华……

记·忆——西川团队的成长图影

打牌

2009年幸福梅林，李老师展现切牌技术。

2015年三圣乡。下定离手，你可不要耍赖哟！

第四章／刹那间

梅大师一骑绝尘，众同人屏息观战。

任冬梅带来新型扑克，钱晓宇代为讲解。

记·忆——西川团队的成长图影

庆生

272

观剧

2012 年观看易卜生话剧《培尔·金特》。

2013 年 6 月,在成都观看《蒋公的面子》。

记·忆——西川团队的成长图影

2014年12月,北京鼓楼西剧场,观看方旭导演的老舍戏剧。

第四章／刹那间

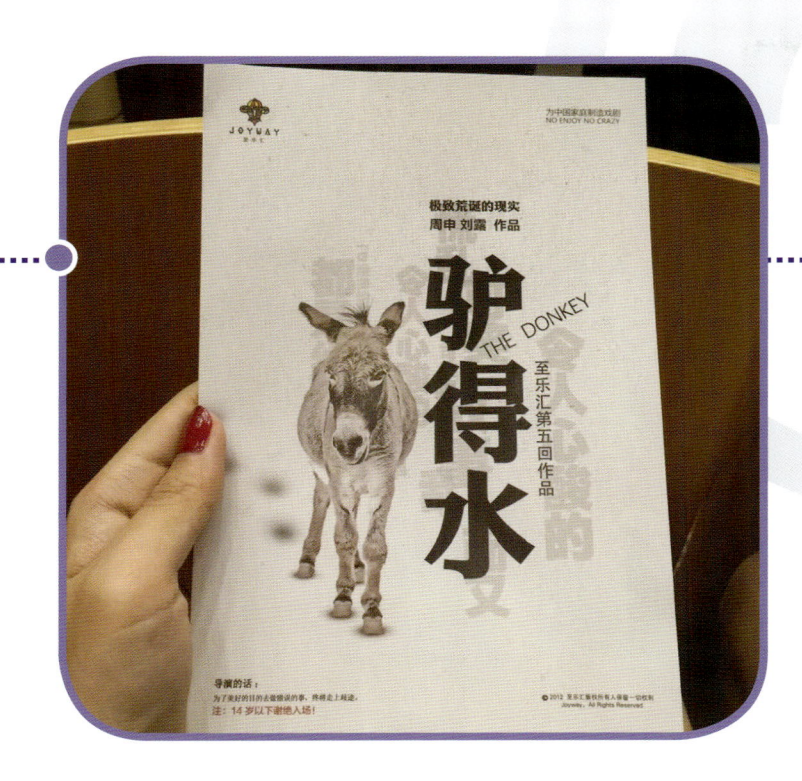

2016年7月，观看话剧《驴得水》。

记·忆——西川团队的成长图影

2016年10月，观看《巴斯克维尔的猎犬》。

第四章／刹那间

2016年11月，观看《飞向天空的人》。

记·忆 ——西川团队的成长图影

2018年5月，观看方旭导演的《老舍赶集》。

演出之后

李怡

其实我从来就不是表现派
披迷彩服的人
自编自导自演
一只手垂下台缘
晃荡或者
抽搐
那不可能是我

远远的
一声喝彩
越过几千排空无一人的椅子
直撞上冷飕飕的天幕
喝彩的并不是我

好像
你一推开窗户就看见了我
问不出的冷落和
道不尽的愿望的
眼睛
你甚至念叨
窗下的和台上的
究竟是不是我

其实
最没有言语的时候
总是说个不停

记·忆 ——西川团队的成长图影

献艺

请大家开始欣赏我们的表演~

第四章／刹那间

当代神雕侠侣。

披着雨衣的七仙女。

281

记·忆 ——西川团队的成长图影

刘福春老师与俊杰二重唱。

徐江优雅主持。

颜同林与藤田梨那教授。

第四章／刹那间

2016年6月，博涵在午后聚会上表演节目。

毕业party，钱晓宇与傅学敏合唱。

阿加伍呷吉他弹唱。

283

记·忆——西川团队的成长图影

乐器小王子俊杰再度献艺。

秀林助威。

铭杉演唱。

第四章／刹那间

谭谋远倾情献唱原创歌曲。

比身高。

比比谁的耳朵大。

285

记·忆 ——西川团队的成长图影

你说什么?

看谁飞得更高?

第四章／刹那间

你来，你来啊！

易筋经。

287

记·忆 ——西川团队的成长图影

画面太美，我不敢看~

🍽 味蕾记忆

2007年大家在郫县释迦桥倪海燕家里开设的倪氏饭店会餐，李老师赞这是口味最佳的川菜馆。

2012年夏，成都科华北路，吃冷啖杯，喝夜啤酒，维东一饮三百杯？

左起：段从学、周维东、李哲、王永祥。

冷啖杯：成都人的一种夜宵。所谓"冷啖杯"，其实就是一些卤菜，如鸭脖、兔头、豆腐干等，再辅以冰镇啤酒。因为酒冷菜凉，所以称为"冷啖杯"。这种吃法在夏季倒是一种消暑享受。

记·忆——西川团队的成长图影

2012年6月，门红丽、康鑫在大宅门火锅店专注挑选菜品。

火锅旁的"筷子"兄弟。

成都的夏天

── 王永祥 ──

带给你快乐的东西

再不要拿出去

我像恐龙一般

咀嚼着夏天的栀子花香味

越来越美丽

别在意敲门的声音

镜中洗完澡的时候

月亮底下的花还没有落

夏天　就在这个夏天

越来越美丽

窗外的树叶丰腴无比

美丽的气息

让我无法抬头

2012-06-08

记·忆——西川团队的成长图影

2013年10月，新疆阿克苏红柳羊肉串。

南疆阿克苏的传统红柳枝烤羊肉串与普通羊肉串大相径庭。红柳枝烤羊肉串除了块头大，还有浓郁的香气，焦脆的羊肉外皮，饱满新鲜的肉质。用红柳枝穿着烤，更平添了几分红柳的树香。在新疆随处都长着红柳树，就地取材，非常环保。

第四章／刹那间

孙博后为大家烤肉。

293

记·忆 ——西川团队的成长图影

2014年11月，北京日朗天寒，师门抱团取暖，在火炉火吃烤肉。孙伟 OS: 师妹，你的包儿好像硌着我了。

2015 福冈会后就餐。

第四章／刹那间

2015年9月，川大南门"重庆森林"餐馆的"蹄花豆汤饭"与"番茄抄手"。"重庆森林"自2006年营业至今，被称为"川大学生的校外食堂"。这里常年排队是日常，拼桌是正常。其中相当叫座的蹄花豆汤饭，黄豆与肉皮熬得软烂，入口即化，米饭与汤汁一勺下肚，怎一个巴适了得？

2016年春东湖公园，李老师给学生们买的茶点。在场女同学每人分得一块，男同学没份。笑。

记·忆——西川团队的成长图影

2016年7月，北京"四世同堂"，极具老北京特色的餐厅。

296

第四章／刹那间

"天下盐"是由20世纪80年代名噪一时的莽汉诗人二毛与黄珂合伙开办的。"天下盐"这个店名是旅德诗人张枣的创意,盐是五味之首,"天下盐"即取"天下第一味"之义。特色菜肴:二毛鸡杂、青菜牛肉、薄耳黑丝、黄氏牛肉、迷踪野鸭,几乎每道菜都有一首诗和一个故事。

297

记·忆 ——西川团队的成长图影

"汤本味"蓟门桥店位于海淀区北三环中路与杏坛路交叉口,李老师、康老师常带学生来这里就餐,看到浓汁萝卜就想到李老师当时推荐这道菜的样子。

第四章／刹那间

2016 崇州农家乐美食。不好意思，我们开动啦！

记·忆——西川团队的成长图影

2017年环球中心大聚餐。

第四章／刹那间

2017年7月，峨眉山赵师傅大肉挞挞面，手工现做，味道不错，分量有限。

记·忆 ——西川团队的成长图影

2017年青峰书院美食。

第四章／刹那间

2018年1月，在三圣乡吃烤全羊+柴火鸡，锅气弥漫，香不可言。

2018年冬，北京京师大厦对面的"川界味道"餐馆，师门多次来这里聚餐。

记·忆——西川团队的成长图影

2019年6月，威海烧烤店。结束了一天的学习，让我们快乐干杯。

2019年8月，李老师、康老师与藤井省三教授在有350年历史的东京"金鱼"餐厅聚餐。

第四章／刹那间

2019年10月，望江火锅店聚餐。在成都，是吃不完的火锅，身旁总有同门相伴。左起：黄晶晶、李扬、陈瑜、胡余龙、左存文。

记·忆 ——西川团队的成长图影

重庆"饭醉团"系列活动

饮酒

"饭醉团"团长胡安定亲酿葡萄酒,以飨团众。

第四章／刹那间

品茗

尝鲜

307

记·忆 ——西川团队的成长图影

自家炊

探店忙

— 汤巧巧 —

谁在想千里之外
吃的形式　睡的形式
声音有多少种形式
面前的人皆天真俊美
关心粮食与蔬菜

"饭醉团"之探店"慢食堂"，主推番茄牛腩。

记·忆——西川团队的成长图影

小朋友长大了

2008年夏，5岁的一诺第一次来北京，在北师大与李老师、康老师合影。

2021年冬，北京第一场雪，18岁的一诺。

第四章／刹那间

2011年夏，兜兜妹视察川大校园，嗯，绿化搞得不错嘛！

2020年暑假，兜兜姐又长高一截儿。

记·忆 ——西川团队的成长图影

2013年9月，3岁的沛沛在川大东八宿舍看动画片《机器猫》。

2017年夏，戴着小花环的沛沛在川大校园留念，这一年，沛沛还不用练钢琴。

2021年冬夜，沛沛还在勤奋练琴。

第四章／刹那间

2016 年 6 月，小王子阿米尔陪爸爸一起拍博士毕业照。

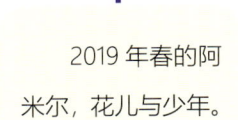

2019 年春的阿米尔，花儿与少年。

313

记·忆 ——西川团队的成长图影

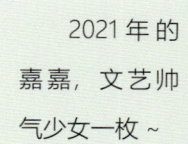

2016 年 12 月的嘉嘉，拍照好突然，没有准备~

2021 年的嘉嘉，文艺帅气少女一枚~

第四章／刹那间

2016年12月的悦悦，举着心爱的小玩具和妈妈拍照。

2021年的悦悦，阳光美少女，热爱运动与舞蹈。

记·忆——西川团队的成长图影

2017年1月，环球中心的大朋友与小朋友们~

2017年7月，别人都在自拍，大宝内心OS：我怎么办？我在哪里？我要做什么？

第四章／刹那间

2020年夏,大宝已变成大宝哥哥,拉着二宝去战斗!

2017年7月的肉肉。"大家看我像不像红孩儿?"

2021年11月的肉肉,翩翩诗书美少年。

317

记·忆——西川团队的成长图影

2018年春,软萌小鹤向大家问好~

2021年夏,斑竹园,小鹤开车,乘客们都很开心,只有司机小鹤一脸紧张。

第四章／刹那间

2018年9月，5个月的小落落与3岁的小草哥哥首次会晤。

记·忆——西川团队的成长图影

2019 年春的同同与诚诚。

2020 年春节，同同和诚诚给大家拜年！

第四章／刹那间

2020年夏的悠悠。"妈妈，答应我好吗，下次把口红涂得均匀一点，再让我出镜。"

"妈妈，我们一起穿旗袍啦！"

写给悠悠

— 谢君兰 —

我曾以为,我是你的导师

手把手,教你生存技能。

让你明白回应世界的方式

不该只有哭泣。

后来我发现,事实并不如此。

比如你突然被音乐吸引,在超市门口停下,

开始颤动双膝,旋转小手,

旁若无人地"做法",

你表情欢喜,甚至掺杂一点骄傲,

用生命最初的恣意

让一个成年人,你的妈妈,

站在三步之外,

记起时间之锤凿平棱角的每个细节。

你命令道:妈妈,跳!

于是我迎上你的坚定,也抬起手,

在人潮上空挽出一朵流动的花。

第四章／刹那间

2022年6月,金白贤小朋友和妈妈在韩国小咖啡厅向大家问好!

金白贤小朋友在幼儿园体验蒙古族文化。"猜猜我是哪位小王爷?"

记·忆——西川团队的成长图影

大朋友还好吗?
岁月啊岁月

第四章／刹那间

记·忆——西川团队的成长图影

无情的岁月 😂

第四章 刹那间

记·忆 ——西川团队的成长图影

第四章／刹那间

但，岁月从不败美人

记·忆 ——西川团队的成长图影

2004.01.01 00:00

第四章／刹那间

记·忆 ——西川团队的成长图影

第四章／刹那间

记·忆——西川团队的成长图影

第四章／刹那间

记·忆 ——西川团队的成长图影

第四章／刹那间

记·忆 ——西川团队的成长图影

第四章／刹那间

偶尔

———— 李俊杰 ————

偶尔在山间观鸟
只一片叶
听到嘤鸣喈喈
想象的鸟群在天上
汇聚、分开、汇聚

偶尔在海边观潮
只一粒沙
见到云散月明
虚构的浪花在海里
汇聚、分开、汇聚

偶尔在夜晚观星
只一刹那
感到河汉灿烂
闪烁的岛屿在苍穹
汇聚、分开、汇聚

偶尔在春天想你
只一眨眼
见到笑容依旧
摇曳的心神在梦中
汇聚、分开、汇聚

第五章

聚是一团火

DI-WU ZHANG
JU SHI YI TUAN HUO

记·忆——西川团队的成长图影

😊 笑容博物馆

第五章／聚是一团火

记·忆——西川团队的成长图影

第五章／聚是一团火

记·忆——西川团队的成长图影

346

第五章／聚是一团火

记·忆 ——西川团队的成长图影

348

第五章／聚是一团火

记·忆 ——西川团队的成长图影

分神一秒钟

旁边

高博涵

我像一滩泥一样地坐在自己的身体里
我的身体像我一样地坐在椅子里
旁边是窗口
窗口的旁边是屋脊
屋脊的旁边是层林尽染的金黄的树

然后有一团蒸蒸日上的生活
在我左，在我右
在我躯干的某个部位里穿过

2013-11-10
成都川大

午后读史

王永祥

黑夜的斗篷随风展开

闪电的匕首

带着狡黠的微笑俯临大地

你要从哪儿入手

历史已惊动如狂奔的马车

你说南方来的大雁会带来问候

整个下午我都在书房

我将如何回答爬上窗台的晚霞

仙人掌安静如佛祖

满天风雨下西楼的人

还会是谁

2012-09-21

记·忆 ——西川团队的成长图影

第五章／聚是一团火

左存文

倘若正午，一只蝴蝶
以她整个中年翩翩起舞
一个耄耋学者，独自
坐在食堂白色的椅子上
他的咀嚼，在召唤贝多芬

记·忆——西川团队的成长图影

再来会馆坐坐吧！

2007年北师大励耘楼北地下室，门红丽、丁晓妮在此访学，旁听课程。

第五章／聚是一团火

记·忆 ——西川团队的成长图影

楼角夕阳

高博涵

一颗休止符，缝进了

夕阳柔暖的光线里

缀出一道低徊的豁口

如此安然地焦灼着

——人们向下行走，与今天相遇

她坐在窗口的白瓷台上

身体紧靠着房间最外层的墙壁

把头探出来

——与太阳和冬天都很近

如果不愿俯视大地，便仰头看

楼上的露台也有一株绿植

紧俏的小枝桠

伸长了它的眉翼

2013-12-25

成都川大

第五章／聚是一团火

梦想诏书

王学东

在成都平原绽开的天空下
黑夜将自己的背轻轻地靠在我的无言
夜生机勃勃的长势培育了我的梦
让我的梦毗连着你的宽大的木床

相爱的手从眼睛里一点一滴的流出
浇灌着那插在大地上快要枯萎的夜色
胜过深邃的天空和大海的彭湃

你与黑夜交织在一起的洁白的手
拨开厚厚的神情慵懒的夜空
在多褐色根须的榕树上留下灿烂的星群

你和梦一起鞭打着成都和夜
梦和你鞭打着我逡巡着心跳的胸口
让大地充满了叮叮当当的美妙而清脆的声音

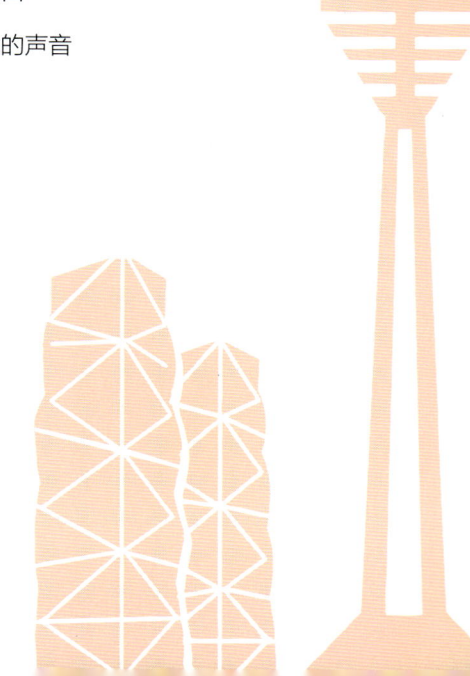

第五章／聚是一团火

2017年，我在人民出版社出版了《多元视角下的中国现代小说》一书，书前有老师的代序，我在后记中这样回忆成长的点点滴滴："真正有所用心，称得上是春华秋实的话，自以为还是参加西川论坛学术活动以来，我有意识地将现代小说研究作为重点来经营，因此便有了本书。本书问世，自然要感谢许多师友的鼓励和支持。首先，要感谢导师李怡先生，在他主持西川论坛的学术活动中，我总能在论文的宣读、点评、订正等诸多方面得到老师中肯而深刻的意见；本人身处贵阳这一学术不甚发达之地，也时时得到他甘露般的关心与扶持。""我还要感谢西川论坛的青年朋友们，西川论坛是师门的一个学术平台，汇聚了国内不少青年才俊，在与师友的相处、交往过程中，本人得到了不少的启发、帮助。"

却顾所来径，苍苍横翠微。是的，我们在回忆中寻找方向，也重新获得无穷的力量。

颜同林
2022-03-14

每每看到近郊的农家乐或者茶馆，大家觉得真可以想想众筹个实体的"西川会馆"，李怡师对此尤其感兴趣。记得有一段时间，只要有空闲时间，我和李怡师、王琳、钱晓宇就一起，到处去看房子，东边、南边的都去看了不少。那时候川大新校区周边还颇为荒凉，房价极低，江安校区边临街铺面十几万元。大家聚会时，讨论如何入股，如何买，谁来经营，已然很是翔实，但终究是一群"纸上谈兵"的学人。成都的茶每杯现在15或20块了吧，房价更是高得离谱，而我们的实体西川会馆的梦也一直还在做着……

张武军

2022-05-05

李怡师的教学方式是我最为心仪的。我们有时在望江楼公园，有时在我的住处，但更多的时候是在离我的住处不远的体育馆旁的绿水桥茶房。一般是永祥、李哲和我先到，占好座位，接着便有金凤降临和住在校外的谭梅匆匆赶到，有时候还有其他导师的弟子慕李怡师之名前来求学问道。若有其他大学的同行学者到蓉，李怡师也会请到，给我们开阔视野。比如西南大学的王本朝教授、肖伟胜教授，汕头大学的王富仁教授等。也许，我一生都不会忘记当时的情景：一杯茶、一堆书，一群学子围坐在李怡师周围，或沉思默想，或侃侃而谈，或信马由缰，或谈笑风生，或激烈争论，而李怡师则静静地听着，或点头颔首，或三言两语点拨，或断然否定，或鞭辟入里分析……

大家往往忘记了时光的流逝……

蒋德均

2022-01-24　中国酒都

第五章／聚是一团火

就这样我们几个在学问与美食间奔波穿插，从现代文学关节点的讨论，到各类博士论文的研读，一学期又一学期的课过得飞快，如此愉快的读书生活，让多年后的我无比怀念，让我甚至怀疑很多写得苦大仇深的博士论文后记：读博有那么辛苦吗？

王永祥

2022-01-24

缔结的友谊自不必说，学问上的促进和情感上的交流更是让人愉悦。不知多少次，我与李哲、孙伟，在我租住的小屋内，畅聊一夜；和妥佳宁、赵静在校园里边走边说，不觉已近黄昏；和老师走在校园门外，听老师抚今追昔，心中起波澜。

工作后，我们的情谊越来越深，关注着彼此研究的话题，牵挂着彼此的生活。因灾疫，彼此走动越来越困难，我们更珍惜会议中的相聚，同时，也更渴望相聚。西川同人开启了云端活动。学术会议在云端，工作事务在云端，节日聚会在云端。去年我因病住院，正逢元旦假期，老师将工作会议和节日相聚放在云端，在病房的我，感受到了无比的温暖。

画册中的面影，是我最珍贵的记忆！

李俊杰

2022-03-11

感谢四川的同门热情招待，让我度过了开心幸福的时光，那一个星期，直到今天仍然是一个难忘的记忆。

我真觉得自己有福气，我在留学生活中受到了很多人的支持和关心，得到了更多机会交流，这些都要感谢大家！

白贞淑

2022-02-20　韩国釜山

在我心里，"西川"绝不是什么生硬的符号，也不仅仅是个学术论坛，或者具有相当规模的学术团体，它早就成为一个让我有归属感的大家庭。十多年过去了，很多西川同门和友人结识了，走近了，相聚了，又四散了，每每想起我也是这棵有生命力的 Family Tree 上的一片叶子，依然感到很温暖。

钱晓宇

2022-03-12　京东燕郊中燕

编者后记

西川气息

王琦

在一个夏日的午后，李老师忽然打来电话，以他特有的热情洋溢的声音向我讲述了《西川记忆画册》的编辑设想。大家应该有过相似的感受，如同李老师每次和我们谈论文，谈的时候空气里似乎出现了一种轻微的"现实变形力场"，人置身其中，会有种错觉——一篇美妙的论文正在不远处向你招手。我在这种错觉中，乐呵呵地接受了这个任务，完全没有意识到这本画册的体量。直到电话后的一两天时间里，邮箱中陆续收到了的李老师传来的20封超大邮件要下载几个钟头的时候，我才略略清醒过来。

接下来便开始了千余张照片的浏览过程，首先遇到的难题是，众多面孔不认识，尤其是比较早期的照片。先"认人"，一张一张简单标注。画册中关于图片的文字说明，完整地保留了我"认人"的痕迹，在前三章，会尤其注意"图中人"是谁，也会详细地标注出来，很古板，但也没想出怎么更好地呈现，姑且先这样。对许多从未谋面的师兄师姐，由于几个月以来我持续地私下"观摩"他们的照片，竟然产生了一种奇异的亲切感，心态一放松，语气也亲昵起来，也敢在后两章的"标注"中舍姓而直呼其名。在图片中与大家有了"交情"后，即展开了李老师所设计的五个板块的具体编排："往事并不如烟""行走在世界""媒体·我们""刹那间"与"聚是一团火"。在这个大框架的指引下，我通过浏览照片，斟酌了手头现有照片的具体比

363

记·忆——西川团队的成长图影

例,粗略地拟出了每一板块大致的章节安排,希望能够通过照片讲讲我们西川论坛学人这些年的故事。

画册主要还是按照时间顺序展开,如前三章的编排:第一章"往事并不如烟"通过一届届的学人从入学、参加读书会、日常学习到答辩、毕业的场景复现,回溯了我们求学的各个阶段;第二章的"行走在世界"则是以"西川论坛"十余年来的学术研讨会为主轴,穿插学人海外参会、出国访学的照片,展现西川学人从学生到学者的成长过程;第三章的"媒体·我们"汇总了我们这一路上的一些成绩和收获,从分享开始,我们表达自身、寻找同人,也锐意进取,携手同行,从未停下探索的脚步。

第四章与第五章的编排则相对自由,撷取了生活中的灵动瞬间,展现了学术之外,大家丰富多彩的户外活动、南北旅途中的当地美食、光影流转的生活片断。这些看似散乱、零零星星的日常细节,像是松散的书中折角,带我们直观地重返、触摸过去的那一段岁月。第四章有一节专门收录大家这些年品尝过的美食的图片。这一节本拟为"天南海北美食",可我在整理这一部分时恰在夜晚,常常整理着整理着就饿了,尤其是面对那些自己吃过的食物,是不能细看图片的,会不自觉地咽口水。深夜外卖也就这样点了一单又一单,于是我情不自禁地把这一节更名为"味蕾记忆"。还有一些章节是在照片的整理过程中自动显现出来的,比如"小朋友长大了"这一节。在整理其他部分的照片时,我发现师门聚会常常有小朋友参加,小朋友长得快,三五年过去,大人

们还是老样子,小朋友们却眉目清晰,拔节长大了。"西川论坛"大概就像这些小朋友一样,在不知不觉中成长起来。照片充当了见证者,将这成长的足迹——摄入、保留。还有一些照片,简直无法归类,却又如此让人挪不开眼睛,这就是大家的笑脸。在每一张笑脸上,都有闪动着亮光的眼睛。那当然有青春的加持,但环绕笑容的,更多是一种理想主义的光芒。我索性把这一部分照片单拎出来,组成了第五章中的"笑容博物馆"一节。有了神采奕奕的笑容,自然还有那些不看镜头、被摄影师抓拍的分神瞬间,可能有一些我们自己都未曾意识到的神情,松弛、自然地流泻在光影之中,这也就是分神一秒钟一节的来源。

在画册中引入诗歌,是黎保荣师兄带来的灵感。几次找黎师兄"索要"肇庆会议的相关照片,他很负责,前前后后找了多次,分批发给我,一次还把师友们肇庆之行所作诗歌的公众号文章转给了我。这一下提醒了我,"西川论坛"学人中诗人众多,有诗歌征引,岂不比干巴巴的图片说明更有意思?打定主意之后,我便开始征集诗歌,这也得到了大家的热情响应。诗歌的拣选,完全依从了画册的编排顺序和内在情绪,这样一来,反而一些冲击力强、生命能量丰沛的诗歌不能妥帖地嵌入其中,是为遗憾。诗歌的引入分为两种形式,一种是全诗,一种是节选,既是出于篇幅的考虑,也是为了增加与图片的适配度。

按照这个框架与体例粗略编排一遍后,新的问题又浮现出来,即有些板块图片偏少,部分图片的清晰度也欠佳,这样我就开始了第二轮搜集。除了有目的性地向部分活动的亲历者征集所

编者后记

缺失、遗漏的照片，更主要的是向大家征集各种主题不限的师门活动照片，有关读书会、日常学习的当然是题中应有之义，有关游玩、嬉戏、小团体聚会的也十分欢迎。这也是我们这本"西川记忆画册"编辑之初最大的一个设想，即将大家这些年的生活以图像的方式做一生动回顾，而非单一学术活动的一览表。这轮向大家征集先是采取了一对一的方式，我每日列出七八人的联系名单，挨个向大家实施"信息轰炸"，和大家约定交照片的时间，逾期没有消息的，我拿个小本儿记上，一周一催。有师兄反映此举颇有黄世仁收租之感，我笑道，原来地主也不容易啊！大家在齐心协力搜寻照片之时，也有几件趣事。比较早期的照片，需要大家一起回忆它的时间、地点，经常是这位划定大致时间段，那位补充一个确切地点，这位来一个干扰信息，那位直接推荐"知情人"——你去问谁谁谁，他肯定记得。就这么着，一张图片往往连缀起一个小圈子，一小段时光，一种当时做事的神气。小圈子里往往还有一些"内部流传"、让人捧腹大笑的照片，一位师姐说："我可是有好多当事人都害怕的照片，师妹等着，今晚发你。"我一收到，果然，两人隔着屏幕大笑。这些照片自然有一些没有出现在画册上，可那段记忆的质感却会以其他方式存留。一位师姐为了找一张大家都好看的合影，询问了很多同届、上下届同学，不断更新合影的版本，她说，希望大家都是好看的，因为记忆里就是好看的。一位师姐一找照片才发现，原来电子设备更换，接连几年的照片全都杳渺难寻，那几年的记忆可谓一片白茫茫大地真干净。不找照片不觉得，找了，没有，像是人生忽然缺了一块儿。还有的师姐收纳功夫极好，所有师门活动的照片都按照时间、地点分门别类地备份存储。为了给画册提供照片，她专门花费了两个周末的时间来整理、备注。但也因记忆的完整，更易陷入"回忆杀"。这种情绪似乎会传染，让哪位师姐找照片，就意味着让她独涉一段时光之旅。我心里也有隐隐的抱歉。我尝试去猜想那是一种怎样的感受，是不是像"啪嗒"一声，门锁被清脆地转开，门内的阳光刚好斜射在我们没有防备地所站的那一小块地方。许多酸涩的、欣慰的情绪瞬间涌来，让人动弹不得。那些我们以为忘了的重新显现，那些当时我们立志实现的还留在照片里。这些被多年封档的照片，忽有一日跳脱开滞重的遗忘之海，激活了我们共同的情感记忆。这无疑是我们回溯途中的珍贵瞬间，也吻合了画册编辑的初衷——给记忆一个实体的位置。

由于大家分头寻找搜集，汇总到我这里的照片往往有许多重复的，这些重复的图片我尤为重视，常就直接选入画册，因为这是大家共同拣选出来的记忆。我有幸编辑画册，参与拼凑、补缀记忆，也得以在这记忆的众多线头中起落升降，做最小平方的时光穿梭，好多没有经历过的事，跟着这些照片走一遭，仿佛自己也有幸参与，好多当时没见过的面孔，如此朝夕相处几个月，也生出莫失莫忘之感。身处疫情中，人时常陷于逼仄、封锁之境，似乎也更需要加强人与人之间、人与集体之间的情感联结。在这时，拥有记忆恰如拥有财富——记忆是有力量的。如此想来，这些记忆的亲历者，这些陪伴"西川论坛"更长一

365

记·忆 ——西川团队的成长图影

段路途的学人们,他们曾领受过它的激励,响应过它的感召,将自己最富创造力与拼搏劲头的年纪与它深度嵌合在一起——青年、锐气、理想,无疑是这份记忆的核心词。经过数十年的耕耘,这些学人与论坛共同成长,共同蕴积出一种独特的西川气息,既灵动又沉静,既笃志又开放。很多人问,"西川论坛"是什么?"西川会馆"在哪儿?我们想用这些图像来回答,也想在这些图像的"注视"中重新出发。

编辑画册的过程大致如上,因为疫情、因为日常琐碎的工作,我耽搁了不少时间,其间很怕李老师询问编辑进度,连群里的红包也不敢抢,有次晚上做梦还梦到出版社催稿,直接被吓醒。具体编辑中也时常担忧考虑不周全、拣选不得当,惶恐的心情一直存在。

最后想跟大家说的是,这些被拣选出来的、热情的、欢快的、带有某种里程碑气息的照片当然并不是我们记忆的全部,它们只是充当了某种路标、线索,也许能够连缀起正在翻看的各位更多记忆之海中的细碎图景,甚至这些图景可能都没来得及被某种技术设备记录下来,但它们黯淡、迷离却又执着地没有消失,仍旧存续在我们与西川发生的故事里,成为那不可或缺的一帧碎片,一抹气息。在岁月中,在我们心里,闪耀着灼灼的光。

愿所有西川学人,前行一路有光,驻足回头,再来会馆坐坐!

2021-12-05

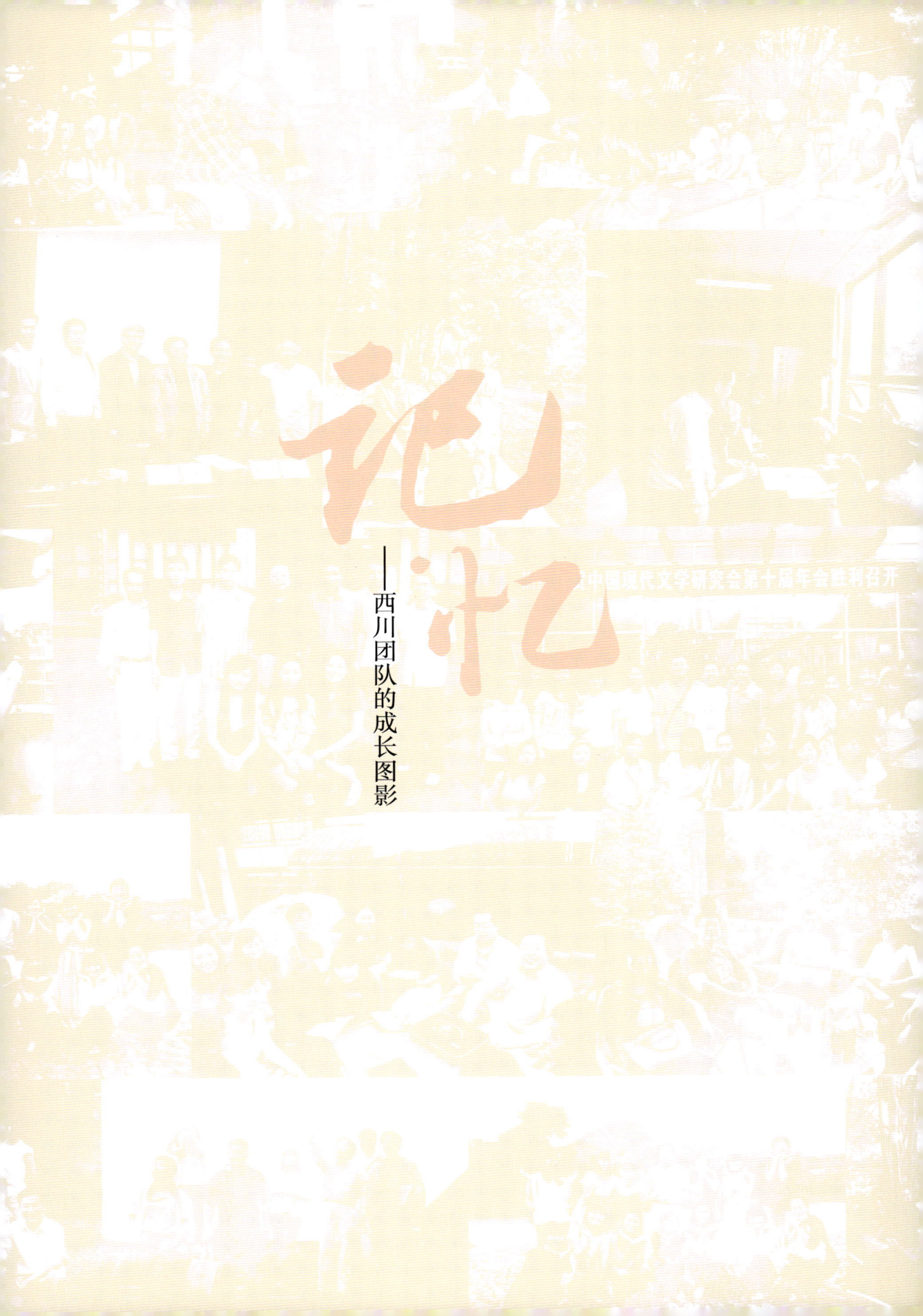

记忆
——西川团队的成长图影

图书在版编目（CIP）数据

记·忆：西川团队的成长图影 / 李怡，王琦主编
. — 成都：四川大学出版社，2022.12
 ISBN 978-7-5690-5914-4

Ⅰ. ①记… Ⅱ. ①李… ②王… Ⅲ. ①中国文学流派—四川—图集 Ⅳ. ① I209.99-64

中国国家版本馆 CIP 数据核字（2023）第 008495 号

书　　名：记·忆——西川团队的成长图影
　　　　　Ji·Yi——Xichuan Tuandui de Chengzhang Tuying
主　　编：李　怡　王　琦

选题策划：王　军　王　冰
责任编辑：王　冰
责任校对：陈　蓉
装帧设计：墨创文化
责任印制：王　炜

出版发行：四川大学出版社有限责任公司
　　　　　地址：成都市一环路南一段 24 号（610065）
　　　　　电话：（028）85408311（发行部）、85400276（总编室）
　　　　　电子邮箱：scupress@vip.163.com
　　　　　网址：https://press.scu.edu.cn
印前制作：四川胜翔数码印务设计有限公司
印刷装订：四川煤田地质制图印务有限责任公司

成品尺寸：185mm×260mm
印　　张：24.25
字　　数：295 千字

版　　次：2023 年 3 月 第 1 版
印　　次：2023 年 3 月 第 1 次印刷
定　　价：198.00 元

本社图书如有印装质量问题，请联系发行部调换

版权所有 ◆ 侵权必究

扫码查看数字版

四川大学出版社
微信公众号